Passion for Art

NEW YORK,
CULTURE CODE

NEW YORK, CULTURE CODE

Atmosphere of NY

NEW YORK,
CULTURE CODE

Meditating in NY

뉴욕, 컬처 코드

뉴욕,
컬처 코드

초판 1쇄 인쇄 | 2012년 7월 20일
초판 1쇄 발행 | 2012년 7월 30일

지은이 | 강미은
사 진 | 강미은
발행인 | 황인욱
발행처 | 도서출판 오래

아트디렉터 | 양승민(씨더블유에이)
일러스트 | 김나정 najeong72@naver.com
주 소 | 서울특별시 용산구 한강로2가 156-13
이메일 | ore@orebook.com
전 화 | (02)797-8786~7, 070-4109-9966
팩 스 | (02)797-9911
홈페이지 | www.orebook.com
출판신고번호 | 제302-2010-000029호

ISBN 978-89-94707-64-8 (03810)

*책값은 뒤표지에 있습니다.
*잘못 만들어진 책은 구입하신 서점에서 교환해 드립니다.

뉴욕,
컬처 코드

글·사진 **강미은**

圖書出版 **오래**

들어가며

여행 사진 에세이집인 〈그 곳에 가면 누구나 행복해진다〉를 내고 나서 가장 많이 받은 질문은 두 가지였다.

"언제 그렇게 많은 곳을 여행하셨어요?"

"이번 여름에 어디로 여행을 가면 좋을까요?"

나도 10여 년간 여러 가지 일로 다니다 보니, 꽤 많은 곳을 여행하게 되었다. 사진 찍는 걸 좋아해서 어디 갈 때마다 수백 장씩 사진을 찍다 보니, 사진도 꽤 많이 모였다. 그걸 정리해서 책으로 내니, 내가 봐도 많이 다녔다 싶다. 어느 누구의 인생도 마찬가지리라. 돌이켜 보면, 수많은 사람을 만나고, 수많은 곳을 갔으리라. 단지 한 곳에 모아서 정리를 안 했을 뿐이리라.

여행을 갔던 곳 중에서 가장 좋은 곳을 추천해 달라는 질문에는 선뜻 답하기가 어려웠다. 여행이 좋은 이유는 목적지가 좋아서인 경우도 있지만, 누구와 함께 갔는가가 더 중요한 경우가 대부분이다. 혼자 여행하는 경우 '나 자신을 찾기 위해서'라는 이유를 많이 듣는다.

〈그 곳에 가면 누구나 행복해진다〉는 많은 곳을 한꺼번에 다루었다. 이제는 한 도시별로, 그 도시의 가장 큰 매력을 중심으로 정리하는 작업을 한다.

다행히 출판사에서 계속 여행책을 내자는 제안을 하는 걸로 봐서, 큰 손해는 안 입힌 것 같아 다행이다.

뉴욕을 책으로 내면서 제목을 무엇으로 할까 고민했다. 〈뉴욕, 컬처 코드〉라는 제목을 잡고 보니, 그보다 더 적절한 제목은 떠오르지 않았다. 뉴욕을 이루고 있는 수많은 컬처 코드들, 다양성이 그 중심에 있는 컬처 코드를 나름대로 정리해보고 싶었다.

문화 컨텐츠 산업은 사람들에게 재미와 감동을 주는 산업이다. 아이폰을 기계로 사는 것이 아니라 그 속에 들어 있는 '앱'이라는 무궁무진한 컨텐츠 때문에 산다. 미국 영화는 어마어마한 컨텐츠 산업이다. 영화 〈아바타〉의 제작비는 약 3,000억원으로 추산되고, 제작기간도 7년 정도 걸렸다고 한다. 그 영화를 개봉해서 전 세계에서 약 3조원의 수익을 올렸다. 우리나라에서 관객 1천만명을 돌파한 영화 〈해운대〉의 제작비는 겨우 180억원 정도다. 제작비 규모로만 따지만 우리 영화 〈해운대〉는 미국 영화시장에서 거의 독립영화나 마찬가지다.

〈아바타〉가 성공하자 3D가 각광을 받고 여러 미디어에서 그 기술에 초점을 맞췄다. 안타깝다. 영화의 기본은 어디까지나 '이야기'다. 기술만 가지고 감동적인 컨텐츠를 만들 수가 없다. 관객을 매혹하는 흥미로운 이야기를 제시하지 못하면 기술은 아무 소용이 없다. 사람들은 '이야기'에 매료된다.

〈해리포터〉는 전세계를 매료했다. 해리포터 이야기가 처음 태어난 곳은 조앤 롤링이 타고 가던 영국의 기차 안이다. 작가가 런던으로 향하는 기차에서 창밖을 바라보다가 소년 마법사를 공상했다. 조앤 롤링은 그 기차가 런던에

도착하기도 전에 〈해리포터〉의 주인공 캐릭터와 7개 시리즈의 플롯을 완성했다. 그리고 6년 동안이나 이야기를 쓰고 다듬어 마침내 〈해리포터〉를 내놓았다. 2009년 기준으로 해리포터가 벌어들인 매출액(308조원)은 같은 기간 우리나라 현대자동차의 총매출액(250조원)이나 우리나라의 반도체 수출 총액(231조원)보다 많은 금액이다. 해리포터라는 이야기 하나가 엄청난 부가가치를 만들어내고 글로벌 브랜드가 되었다. 항간에는, 해리포터가 아니었으면 영국이 도산할 수도 있었다는 말까지 한다.

하늘 아래 새로운 소재는 더 이상 없다. 어떤 소재냐가 중요한 것이 아니라, 그 소재를 어떻게 요리해서 매력적으로 만드느냐가 중요하다. 창의력이란 완전한 무에서 유를 창조하는 것이 아니다. 이미 존재하는 것을 변용해서 새롭게 만드는 능력이라고 하겠다.

매력이라는 것은 '끄는 힘'이다. 매력 있는 문화 컨텐츠는 사람의 마음을 사로잡는다. 최근에는 우리나라의 K-POP이 전세계를 사로잡았다. 유튜브를 운영하는 구글 코리아에서 최근 3대 컨텐츠 파트너 사의 유튜브 동영상 조회수를 공개한 적이 있다. SM엔터테인먼트, YG엔터테인먼트, JYP엔터테인먼트 세 회사의 조회수를 모두 합치면 약 8억만 번이라는 어마어마한 조회수가 된다. 여기서 중요한 것은, 이 8억만 번이라는 숫자 중에서 국내에서 조회한 경우는 단 7%에 불과하다는 것이다. 그러니까 8억만 번 중 90%가 넘는 조회를 해외 팬들이 한 것이다.

문화는 이제 산업이다. 그리고 어떤 컬처 코드를 가지고 있느냐에 따라서 품위 뿐만 아니라 경제 수준도 달라진다. 문화의 집결지인 뉴욕에서 컬처 코드를 계속 생각하게 된 것은 어쩌면 당연한 일이었다. 뉴욕의 브로드웨이, 방송국에서 만들어내는 문화 컨텐츠는 세계를 사로잡고 있다. 뉴욕을 배경으로 한 영화나 드라마의 느낌이 뉴욕 자체를 다시 만들어낸다.

시인 E.B. 화이트의 〈여기는 뉴욕〉에 따르면 뉴요커에는 세 부류가 있다. 뉴욕에서 태어나고 자란 '토박이 뉴요커', 다른 곳에서 살면서 뉴욕으로 출퇴근을 하는 '통근 뉴요커', 그리고 다른 곳에서 태어나서 무엇인가를 찾기 위해 뉴욕으로 온 '정착 뉴요커'. 통근 뉴요커는 뉴욕에 끊임없는 흐름을 가져다주고, 토박이 뉴요커는 견고한 토대와 연속성을, 정착 뉴요커는 도시에 열정을 가져다준다고 한다. 화이트는 이 세 번째 뉴요커들이야말로 뉴욕 특유의 긴장감을 부여해주고, 이들로 인해 뉴욕은 시적인 도시가 될 수 있으며, 다른 도시들이 넘보지 못하는 예술적인 성취를 이루어낸 도시가 될 수 있었다고 한다. 어디서 왔건 그건 상관이 없다고 화이트는 말한다. 그리고 이들은 모두 첫사랑과 같은 강렬함으로 뉴욕을 끌어안는 사람들이라고.

뉴욕은 에너지로 넘친다. 살아있는 상상력, 그것을 눈에 보이는 컨텐츠로 만들어내는 힘, 그런 에너지로 늘 폭발하고 있다. 그 속에서 본 컬처 코드를 이 책에 담았다.

2012년 7월 1일

지나간 사진과 추억을 정리하며

강 미 은

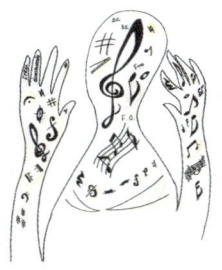

Contents

들어가며 4

Part 1 뉴욕, 그리고 영화, 드라마

01 좋은 대본에 나쁜 배우 없고, 나쁜 대본에 좋은 배우 없다   14

02 작가의 몸값   20

03 뉴욕 자체가 영화의 주인공이다   26

04 문제는 '스토리'다   30

05 미드는 어떻게 한국 드라마 제작비의 20배가
    넘는 돈을 투입할 수 있는가?   36

06 이 드라마 없이 뉴욕을 말할 수 없다 – Sex and the City   48

07 '웨스트윙'의 메시지   56

08 영화가 개봉된 후   60

09 사랑엔 말이 필요 없다 – 사랑스러운 대사   64

10 사랑은 타이밍이다   76

11 관객은 누구나 영화평론가다   94

Part 2 뉴욕, 그리고 공연, 뮤지컬

01 대리운전 2조원, 껌 1조원, 클래식은 1천억원 100

02 향수는 샤넬, 자동차는 벤츠, 뮤지컬은 브로드웨이 (브랜드의 힘) 106

03 브로드웨이, 오프 브로드웨이, 오프 오프 브로드웨이 112

04 Remember your first time? (뉴욕 브로드웨이의 장기공연) 118

05 브로드웨이의 보이지 않는 손 124

06 99%의 청중이 조명을 의식하지 못하지만
   100%의 청중은 그것에 의해 영향 받는다 (뮤지컬의 연주와 조명) 128

07 죽을 힘을 다해서 노래하면, 관객도 죽을 힘을 다해서 들어줍니다
   (소리꾼 장사익의 링컨센터 공연) 134

08 2PM과 2AM의 멤버를 구분할 수 있는가? 140

Part 3 뉴욕, 그리고 컨텐츠 산업

01 미디어 해적들의 시대 (컨텐츠가 왕이다) 148

02 꿈의 사회에서는 상품에 든 꿈을 사고 판다 154

03 끝없는 상상력과 창의력 162

04 창의성은 재미에서 나온다 168

05 세상에 없던, 세상이 기다리던 컨텐츠 172

06 컨텐츠 산업? 50~60대 아저씨 작가가 많이 나와야 한다 176

07 문화 산업에 우리 것 프리미엄은 없다 182

08 세 종류의 사람 186

09 오늘 있지만 내일 없는 것 188

Part 4 뉴욕, 그리고 미술

01 구겐하임의 맥구겐하임 전략 194

02 사람들은 그림에 감동하기보다는 화가의 스토리에 더 감동한다 198

03 세상에는 비싼 미술 작품보다는 돈이 훨씬 더 많다 204

04 세계에서 가장 비싼 그림은? 216

05 앤디 워홀과 데미언 허스트의 철학 224

06 소호와 첼시의 이유 있는 변모 228

07 빛과 공간의 작가 올라퍼 엘리아슨 234

08 뉴욕의 문화 상징 MoMA 240

09 MoMA의 아이디어 상품들 254

Part 5 뉴욕, 그리고 마음

01 어리석은 실수 말고, 멋진 실수를 통해 배워라 268

02 일에서 나오는 생기는 반짝인다 278

03 죽어있는 통계를 살아있는 사진으로 보여주다 282

04 즉각적인 커뮤니케이션 vs. 느림의 아름다움 290

05 뉴욕은 차가운 도시인가? – 집단적 오해 (Pluralistic Ignorance) 304

06 달러 지폐의 크기가 왠지 모르게 작아 보일 때 310

07 열심히 일한 당신, 떠나라 316

08 좋은 사람을 만나는 것은 신이 내리는 선물이다 322

09 진짜로 가지고 싶은걸 가져요 326

10 하느님이 미국 대학에서
   '테뉴어(종신보장)'를 받을 수 없는 이유 330

Part 6 뉴욕, 그리고 생각 하나

01 말을 거는 뉴욕 338

02 생각만으로도 행복해지기 362

03 중독과 몰입 370

04 인생은 공평하지 않다 374

05 행운을 부르는 여덟가지 습관 380

06 고통 없이 얻는 것도 없다 396

07 뉴욕에서 광화문 글판을 생각하다 404

08 돌아본 뒤에야 418

09 포도주는 물 속에 갇힌 햇빛 420

10 여자가 남자를 고를 때 주의해야 할 31가지 424

Part 1

뉴욕, 그리고
영화, 드라마

01 좋은 대본에 나쁜 배우 없고,
   나쁜 대본에 좋은 배우 없다
02 작가의 몸값
03 뉴욕 자체가 영화의 주인공이다
04 문제는 '스토리'다
05 미드는 어떻게 한국 드라마 제작비의
   20배가 넘는 돈을 투입할 수 있는가?
06 이 드라마 없이 뉴욕을 말할 수 없다 (Sex and the City)
07 '웨스트윙'의 메시지
08 영화가 개봉된 후
09 사랑엔 말이 필요 없다 – 사랑스러운 대사
10 사랑은 타이밍이다
11 관객은 누구나 영화평론가다

좋은 대본에 나쁜 배우 없고, 01
나쁜 대본에 좋은 배우 없다

우리나라 드라마의 제작 현실은 열악하다. 방송을 코앞에 두고 주연이 급하게 캐스팅되기도 하고, 일부 배우는 녹화현장에 나가서야 자신의 역할을 알게 된다. 대본이 늦게 나오다 못해, 이메일이나 문자메시지로 날아오기도 한다. 사전 제작은 커녕 촬영 당일 쪽대본에 의지해 방송시간 직전에 편집을 마치기도 한다. 이런 현실을 생각하면 사실 우리 드라마를 기적적으로 잘 만들고 있다고 평가해야 할 것이다.

우리 드라마의 취약점은 스토리가 탄탄하지 못한 데 있다. 구조가 취약하다 보니 우연이 남발된다. '알고 보니 그 남자' 식의 설정이 무한생산 된다. 우리 드라마 속에는 수많은 '우연 같은 운명' 들이 나온다.

미국드라마가 우리나라에서 열풍을 불러일으킨 것은 결코 우연이 아니다. 창의적이면서 차별화한 소재, 기발한 아이디어와 박진감 넘치는 스토리, 탄탄한 구성으로 시청자들을 사로잡는다. 미국드라마를 보면 이제 더 이상 TV가 '바보상자' 가 아니다. 두뇌훈련을 하게 된다. 이미 수를 헤아리기 어려울 정도로 많은 '미드' 가 소개됐다. '그레이 아나토미', 'CSI' 시리즈, '위기의 주부들', '프리즌 브레이크', '프렌즈', '섹스 & 더 시티', '웨스트 윙' 등 미국드라마의 성공 요인은 우리 컨텐츠 산업 전략에 방향을 제시한다.

최근 할리우드에서는 제작비 1억 달러 이상인 블록버스터와 1,500만 달러 미만인 저예산 영화 사이의 중간급 영화가 사라지고 있는 추세다. 그런데 TV 드라마는 중간급의 제작비를 들인 작품으로 시청자를 만족시키고 있다. 극적 완성도가 상대적으로 높고 회별로 완결성을 지녀서 짧은 영화를 보듯이 시청할 수 있다.

　사실 오래전의 '코작', '초원의 집', '월튼네 사람들', '맥가이버', '원더우먼', '600만불의 사나이' 등 인기 프로도 미국드라마였다. 드라마는 영화보다 더 대중적인 콘텐츠다. 미니시리즈의 경우 최소 16회 이상을 방영하기에 습관적인 학습효과도 생긴다. 또 다양한 창구를 활용한 지속적인 수익 창출이 가능하다. 다국적 자본이 세계를 지배하는 지금, 문화 콘텐츠시장에서 국적은 문제가 아니다. 어떻게 문화적 할인율(cultural discount)을 극복하고 다른 시장에서 대중적인 공감대를 만들어 낼 것인가가 중요하다. 탄탄한 스토리와 장르별 전환 시스템을 통해서 스토리의 대중성을 확보하는 것이 관건이다.

　우리 드라마에 식상함을 느낀 젊은 시청자들이 미국드라마라는 탈출구를 찾아 나서게 된 것은 이상한 일이 아니다. 우리 드라마의 문제를 지적하면서 스타들의 고액 출연료를 질책하지만 그것이 문제의 핵심은 아니다. 탄탄한 스토리를 쓸 수 있는 작가가 많지 않다는 게 핵심이다. 회당 3천만 원을 받는 작가의 존재가 문제가 아니다. 문제는 그런 작가가 많지 않다는 데 있다. 좋은 대본에 나쁜 배우 없고, 나쁜 대본에 좋은 배우 없다. 우리나라 컨텐츠 산업을 키우기 위해서는 작가를 키워야 한다.

작가의 몸값 02

미국드라마 중에는 박진감 넘치는 스토리 전개와 생동감 있는 캐릭터로 시청자들을 사로잡는 전설적인 작품들이 많다. 우선 〈프리즌 브레이크〉가 있다. 한때, 대한민국에서 미국드라마를 좀 본다 하는 미드 매니아들에게는 석호필이라는 이름이 유행어처럼 떠돌아다녔다. 석호필은 미드 〈프리즌 브레이크〉의 주인공 웬트워스 밀러의 캐릭터 네임인 마이클 스코필드를 우리말로 쉽게 부르는 일종의 별명이었다. 그 정도로 대단한 인기를 끌었다.

의학드라마의 종결자라고 하는 〈그레이 아나토미〉도 있다. 나는 사실 의학드라마를 별로 좋아하지 않는데도 〈그레이 아나토미〉는 다 봤다. 무겁지 않은 의학 드라마이기도 하고, 사람들 이야기가 생동감 있다.

코믹 시트콤의 진수인 〈프렌즈〉는 재치로 가득하다. 대사 하나하나가 빼놓을 수 없을 정도로 유머러스하고 센스 만점이다. 여섯 친구의 사랑과 우정이라는 단순한 구조 속에서 이렇게 많은 재미있는 이야기를 풀어낼 수 있다니, 놀라울 정도다.

사실 모든 드라마와 영화의 성패는 작가의 역량에서 결판이 난다고 해도 과언이 아니다. 아무리 뛰어난 연출가나 영화감독이 만들더라도, 아무리 초대형 스타급 연기자들이 총출동해도, 해외에서 좋은 곳만 골라가며 찍은 아름다운 영상이라고 해도, 기본적으로 전체 이야기 구조가 탄탄하고 흡인력을 가지지 못한다면 모두 허사가 된다. 쓸데없는 과잉 투자가 되어버리는 것이다. 집의 토대가 튼튼하지 못 한 곳에 기둥도 제대로 세우지 않고, 창문에 달 커튼 장식에 먼저 신경을 쓰는 셈이다.

기본적인 이야기가 안 되는 상황에서는 아무리 능력있는 연출가나 출연자

가 출동하더라도 좋은 결과물이 나올 수가 없다. 연출이나 출연자의 역할을 축소하려는 것은 아니다. 삼각구도가 완전하게 갖춰져야 작품이 제대로 설 수 있다. 하지만 글이 기본이 되어야 다른 요소도 산다는 것이다.

이야기의 기본이 안 되어 있는 그런 작품을 많이 본다. 사극을 만들 때 총제작비가 몇 백억이라며 스펙타클을 아무리 강조해도, 이야기 자체에 흡인력이 없으면 시청자들은 외면한다. 영상미를 최고조로 올려주는 스타 연기자들이 다 나오는 영화라도 이야기 구조가 긴장감을 가지고 탄탄하지 않으면 '애들 장난'이 되고 만다. 예고편에 나오는 뮤직 비디오 같은 아름다운 영상만 보면 끝인 영화도 있다.

이야기가 유치하거나 허술하거나, 납득이 안 갈 때 관객과 시청자는 실망한다. 만드는 사람들은 '작품 한다'는 허영심에 들떠서 만들지 모르지만, 보는 사람들은 전혀 감정이입이 안 되는 것이다. 납득이 안 되는데 어떻게 공감을 하겠는가? 지루함을 느끼지 않고 1시간짜리 드라마나 2시간짜리 영화를 보게 만드는 것은 쉬운 일이 아니다. 이야기 전개에 흡인력이 없으면 불가능하다.

미국판임에도 불구하고 우리나라에서도 선풍적인 인기를 몰면서 매니아층을 만들어낸 '섹스 & 더 시티', '프렌즈', '앨리 맥빌', '보스턴 리걸', '웨스트 윙'의 기본적인 힘은 글에서 나온다. 영상미에 목숨 거는 것도 아니고, 시작할 때부터 초대형 스타를 쓴 것도 아니지만 이런 드라마의 힘은 이야기 구조와 대사에서 나온다. 작가의 힘이 기본이 되는 것이다. 작가도 한 명이 아니라 팀을 이루어서 쓴다. 재방송을 봐도 여전히 재미있을 정도로 극적인 긴장감이 있고, 대사 하나하나가 감칠맛이 나고, 마음속에 울림을 준다. 그렇기 때문에 문화와 시대적 상황이 전혀 다른 우리나라 시청자들까지 사로잡을 수 있다.

우리나라 드라마에는 두 종류가 있다. 헬스클럽에서 뛰면서 소리는 안 들으면서 영상만 봐도 충분한 드라마와, 반드시 소리를 들으면서 봐야 하는 드라마가 있다. 전자는 이야기 구조가 어설프고 대사가 들으나마나한 대사로 구성되어 있다. 이야기의 전개 상황은 척 보기만 해도 10회 후까지 예측 가능하다. 후자는 극의 흐름과 대사에 힘이 있다. 보는 사람을 끌어들인다. 그래서 영상만 봐가지고는 답답해진다. '해를 품은 달'을 영상만 보고 내용을 알 수 있는가?

작가의 힘을 '멋 부리는 대사 만들기' 정도로 생각한다면 오산이다. 극을 통해서 사람을 끌어들일 수 있는 힘은 아무 작가에서나 나오는 것이 아니다. 작가의 힘은 극의 토대가 된다. 작가가 단단히 토대를 받쳐주어야 문화 컨텐츠에도 힘이 실린다. 창의력을 가진 장인은 그에 걸맞는 대우를 받고, 그만한 작품을 만들 수 있어야 한다.

뉴욕 자체가 03
영화의 주인공이다

뉴욕은 영화 속에서 주인공 도시로 참 많이 등장한다. 어찌 보면 남녀 주인공에 이어서 가장 중요한 주인공이기도 하다. 뉴욕이라고 하면 떠오르는 이미지… 영화에서 봤던 한 컷… 커피 한 잔 손에 들고 샌드위치를 먹으며 바쁘게 걷는 사람이 많을 것 같은 이미지다. 카페에 앉아서 커피를 마시며 책이나 신문을 보고, 이야기를 나누는 사람들의 이미지가 뉴욕이다. 그만큼 영화에서 중요한 배경으로 등장한다.

영화 〈세렌디피티〉에서는 주인공들이 크리스마스에 뉴욕에서 운명적인 사랑을 나눈다. 마치 영화의 배경으로 뉴욕을 선택한 것이 아니라, 뉴욕 자체가 영화를 위해 존재하는 것 같은 느낌이 들 정도다. 영화 〈킹콩〉하면 떠오르는 거의 조건반사적으로 떠오르는 엠파이어 스테이트 빌딩이 있다. 〈킹콩〉 뿐만 아니라 〈러브어페어〉, 〈시애틀의 잠 못 이루는 밤〉에서 주인공 역할을 한 곳이기도 하다.

뉴욕 최고의 번화가인 타임스퀘어가 안 나오는 뉴욕 배경 영화는 거의 없다. 메트로폴리탄 박물관은 또 어떤가? 전 세계 관광객들이 메트로폴리탄 박물관 계단에 앉아서 수다를 떤다. 바로 이 계단에서 〈가십걸〉의 세레나와 블레어가 가십을 나누었다. 영화 〈위대한 유산〉에서 에단호크가 기네스 펠트로를 만났던 곳은 톰킨스 스퀘어 파크다. 예술가와 전시, 클럽, 공연이 가득한 곳이다.

뉴욕의 브런치 레스토랑 '사라베스키친'은 미국드라마 〈섹스 & 더 시티〉 주인공들이 브런치를 즐기는 카페로 나와서 유명해졌다.

뉴욕이 배경으로 나오는 영화 중에서,
여행 가기 전에 보고 가면 좋을 영화들이다.

· Controller
· Sex and the City
· Serendipity
· When Harry met Sally
· 여인의 향기 (Scent of a Woman)
· 티파니에서 아침을
· 악마는 프라다를 입는다
· 34번가의 기적
· 유브갓 메일 (You've Got Mail)
· 팩토리 걸
· 위대한 유산
· New York I Love You
· How to Lose Friends
· 뉴욕의 가을
· 어느 멋진 날 (One Fine Day)
· 우리, 사랑일까요?
· 투 윅스 노티스
· 행운을 돌려줘
· 프라임 러브
· 완벽한 그녀에게 딱 한 가지 없는 것
· 업타운 걸스
· 썸원 라이크 유
· 라스트 러브 인 뉴욕
· August Rush
· 화씨911
· 당신이 잠든 사이에
· 패밀리맨
· Last Night
· Friends with Benefit

문제는 04 '스토리'다

Speed Drama

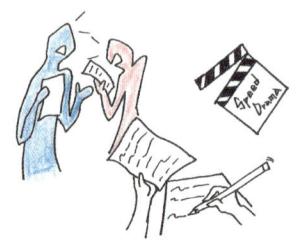

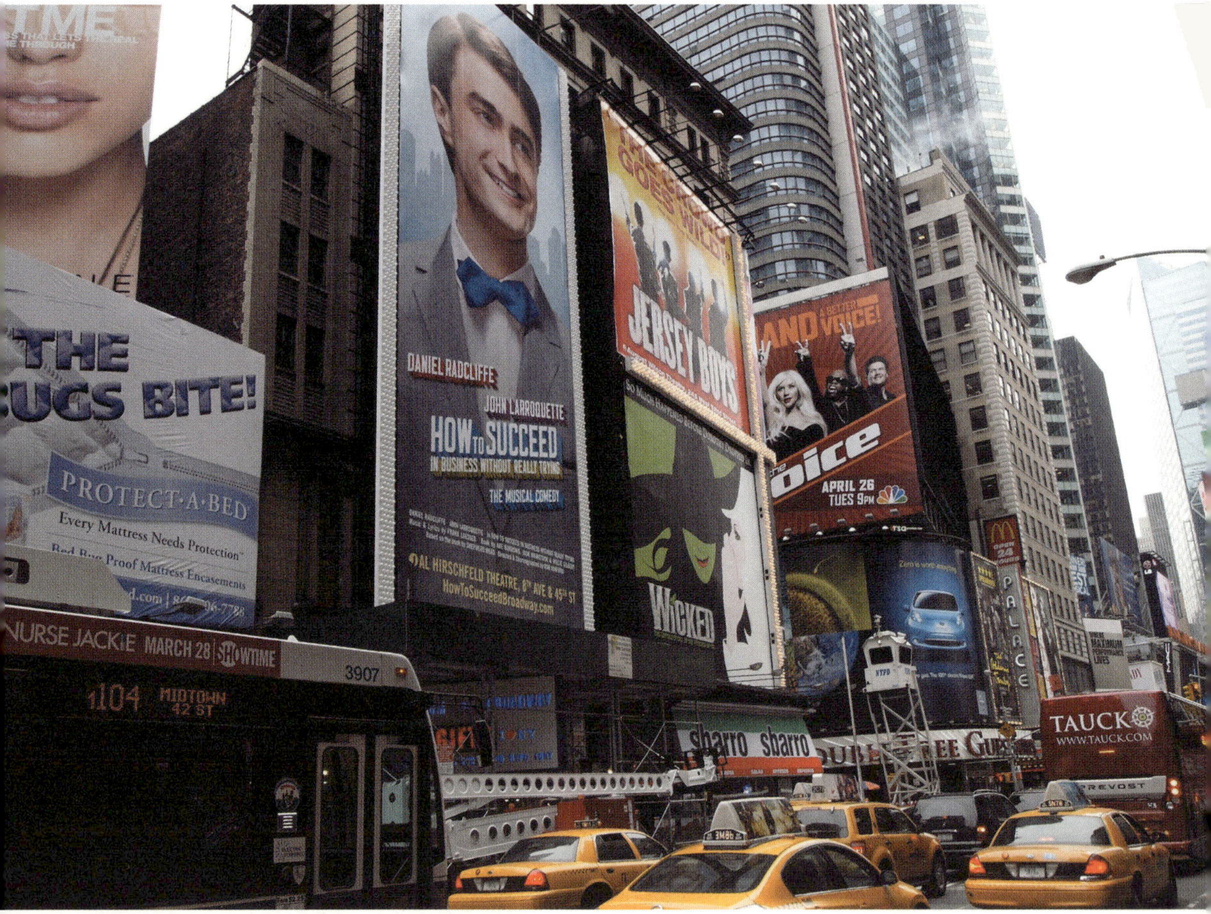
THE
BUGS BITE!
PROTECT·A·BED
Every Mattress Needs Protection
DANIEL RADCLIFFE
JOHN LARROQUETTE
HOW TO SUCCEED
IN BUSINESS WITHOUT REALLY TRYING
THE MUSICAL COMEDY
AL HIRSCHFELD THEATRE, 8TH AVE & 45TH ST
HowToSucceedBroadway.com
JERSEY BOYS
WICKED
A BETTER VOICE!
APRIL 26
TUES 9PM
NURSE JACKIE MARCH 28 SHOWTIME
3907
M104 MIDTOWN 42 ST
sbarro sbarro
PALACE
TAUCK
WWW.TAUCK.COM

영화나 드라마가 성공하기 위해서 가장 중요한 조건은 무엇일까? 배우도 아니고 특수효과도 아니다. 바로 스토리다. 스토리가 탄탄하지 않으면 제아무리 명감독과 명배우가 나와도 안 된다. 명감독, 명배우도 부실하고 허황한 스토리를 어찌하지는 못 한다. 모래 위에 지어서 기초가 튼튼하지 못 한 집에 아무리 커튼을 예쁘게 달아보아야 무너지는 건 시간 문제인 것과 마찬가지다.

'용가리' 를 시작으로 우리나라에서는 개그맨들이 만든 영화가 줄을 이었다. 대부분 전통이라고 할 만큼 '특수효과' 에 돈과 공을 들였다. 결과는 A급 특수효과에 F급 영화가 나왔다. 스토리가 가장 중요하다는 것을 간과한 영화는 아무리 뛰어난 기술로 특수효과를 구현해도 소용이 없다. 최근의 '복면달호' 는 그나마 그런 악순환의 굴레를 벗어나서 100만 관객을 돌파했다.

천문학적인 제작비를 들이고도 실패한 영화나 드라마의 특징은 뭘까? 제작비 100억원 이상을 들인 소위 '대작' 들이 실패하는 이유는 간단하다. 스토리다. 특수효과며 스펙터클에 온 정신과 에너지를 다 쏟느라 스토리가 엉망이었다. 관객들은 특수효과 기술이 얼마나 발전했는가를 보기 위해서 극장에 가는 것이 아니다. 가슴을 쥐어흔드는 감동적인 이야기를 보기 위해서 간다. 기본 조건인 극본이 함량미달이라면 그 위에 아무리 멋지고 예쁜 배우로 덮어도 소용이 없다. 특수효과가 높은 수준이라는 것은 신문의 기삿거리는 될지 몰라도 관객에게 어필하지는 않는다. 돈을 들인 제작자에게는 미안한 일이지만 관객의 심판은 냉정하다.

JERSEY BOYS
August Wilson Theatre, 245 West 52nd Street
MUCH HAPPENED BEFORE DOROTHY DROPPED IN.
ICKED
OLD STORY OF THE WITCHES OF OZ
SHWIN THEATRE, 222 WE T 51st STREET
NYPD
71410

예전에 우리 영화 '라디오 스타'가 관객들에게 좋은 호응을 얻었던 것도 스토리가 탄탄해서였다. 비교적 단순한 이야기를 가지고도 세세한 곳까지 짜임새 있게 극본을 썼기에 관객을 웃기고 울릴 수 있었다. 왕년에 스타 가수가 되어본 적도 없고, 라디오 진행을 해보지도 않은 수많은 관객이 마치 '내 이야기'처럼 공감대를 형성하며 가슴 저릴 수 있었던 것은 극본의 힘이다.

드라마가 성공하는 것은 내용이 재미있어서이지 톱스타가 출연해서가 아니다. 톱스타가 출연해도 재미없는 내용은 재미없을 뿐이다. 영화 '왕의 남자'나 '웰컴투 동막골'이 성공한 것도 극본의 힘이었다. 심지어는 영화 '괴물'이 천만 관객을 휩쓴 것도 괴물을 만들어낸 특수효과가 아니라 웃기고 울리는 극본의 힘이었다. 미국의 드라마 '섹스 & 더 시티'나 '웨스트 윙', '프렌즈'도 다 극본의 힘으로 전 세계 시청자들을 사로잡았다.

한류라는 붐도 처음에는 배우를 통해서 시작되었지만 결국은 공감대를 형성하는 극본을 토대로 한 작품에서 나오게 된다. 배용준이라는 배우가 그리 멋있어도, 그가 '겨울연가'의 탄탄한 스토리 속에서 보여준 이미지로 어필하는 것이다. 똑같은 배용준이 나왔어도 영화 '스캔들'은 일본에서 인기를 끌지 못했다. 탄탄한 스토리 속에서 특정 배우의 캐릭터가 사랑받는 것이기 때문이다. 한류가 붐을 계속 키워 나가려면 오히려 작가의 양성이 더 중요하다. 제대로 된 스토리를 딛고 서있지 않은 배우는 한낱 사상누각에 불과하다.

외양과 포장에 너무 집착하는 우리 사회에서 가장 중요한 것은 '근본'이다. 근본이 튼튼하지 못 할 때, 겉치장이 아무리 요란해도 공허한 티가 나는 것은 어쩔 수 없다. 그 간단한 원칙은 영화나 드라마에도 그대로 적용된다.

미드는 어떻게 05
한국 드라마 제작비의 20배가
넘는 돈을 투입할 수 있는가?

미국드라마에 빠져 든 우리나라 시청자들이 많다. 인종도 언어도 다른 배우가 생소한 스토리를 가지고 우리와는 전혀 다른 행동 양식을 보여주는 미드가 그렇게 높은 침투력을 가지고 있다는 점은 놀랍다. 미드가 우리나라 시청자들까지 매료시키는 요인은 구성의 탄탄함, 스토리의 참신함, 시청자를 매료시키는 힘, 에피소드 간의 고른 수준, 안정적인 연기, 로케이션과 세트의 품격 등으로 꼽을 수 있다. 미드에 대해서 시청자들이 잘 모르고 있는 재미있는 제작과정을 다룬 책이 〈미드 : 할리우드 텔레비전 드라마 생산 이야기〉이다. 그 책 내용의 일부를 통해서 미드에 대한 궁금증을 풀어본다.

Q: 미드는 어떻게 한국 드라마 제작비의 20배가 넘는 돈을 투입할 수 있는가?

1시간짜리 미드의 제작비는 한국의 극장용 영화 제작비보다 높은 수준이다. 미드 제작비는 에피소드 당 수백만 달러에 이른다. 미드 시리즈의 한 에피소드에 25억~40억원 정도가 투입된다. 에피소드 당 60억원을 넘는 제작비를 들인 작품들도 나오고 있다. 참고로 우리나라 드라마의 경우, 미니시리즈는 보통 편당 1억에서 2억원 정도 투입되고, 사극이나 해외 로케이션이 많은 경우에는 5억원 이상도 소요되고 있지만, 여전히 미드의 제작비와는 비교도 안 된다.

우리나라 극장 상영 영화의 평균 제작비 (순제작비 + 마케팅비)는 2006년 40억 2,000만원, 2007년 32억 2,000만원, 2008년 30억 1,000만원이었다. 블록버스터급 할리우드 영화의 경우에는 제작비가 대개 2억 달러를 넘어선다. 우리 돈으로는 대략 2천억원 정도 된다. 미국 텔레비전 시장에서 저예산 미드 시리즈가 가능한가? 결론부터 말하자면, '아니오' 다. 저예산 영화는 있어도 저예산 미드 시리즈는 없다.

영상산업은 도박적인 요소가 있다고 한다. 그 말은 불확실성이 매우 높다는 말이다. 그러나 그것은 어디까지나 영상 컨텐츠가 갖는 상품적 속성을 말하는 것이며, 미드 제작 스튜디오가 모험을 하는가 하는 문제와는 별개이다. 스튜디오가 하는 모든 일을 한마디로 요약하면, "가능한 한 불확실성을 줄이는 일"이다. 스튜디오가 추구하는 것은 다름 아닌 돈이다. 수익 창출, 꿈, 예술, 그밖에 다른 말로 아무리 표현해봐야 그것은 역시 돈의 다른 표현일 뿐이다.

영상산업을 흔히 '고위험 고수익(high risk, high return)의 산업'이라고 한다. 그것은 영상 컨텐츠 상품의 한계비용이 0에 가까워 규모의 경제 효과가 크기 때문이다. 일반적인 상품은 많이 팔려서 생산을 많이 하면 수입도 증가하지만, 그에 따른 비용도 추가적으로 투입된다. 원자재 가격, 인건비, 시설 및 장비 비용, 전기세와 같은 비용이 증가한다.

영화나 미드는 전혀 다른 구조를 가지고 있다. 영상 컨텐츠는 한 번 제작하는 데 막대한 비용이 들지만, 일단 제작이 완료되면 아무리 많은 관객이 시청해도 제작비용이 추가되지 않는다. 다만 배급 관련 비용이 추가될 뿐이다. 관

객 수에 따라 비용이 추가되지 않으니 관객의 수는 많으면 많을수록 좋다. 영상 컨텐츠 상품의 한계비용이 제로라는 사실은 제작자가 대박의 꿈을 버리지 못하는 경제학적 설명이 될 수 있다.

영상 컨텐츠는 경험재(experience goods)로서 흥행 성공을 예상하기 매우 어려운 상품적 특성을 가지고 있다. 다른 일반 상품은 일단 써보고 좋으면 살 수 있다. 써보고 마음에 안 들면 최종적인 구매를 안 할 수도 있다. 하지만 경험재는 실제로 써보기 전에는 그 상품이나 서비스의 가치를 평가하기 어렵다. 영화, 텔레비전 드라마와 같은 상품은 일단 한 번 경험하는 것으로 소비가 마무리된다. 영화관에 가서 일단 보고 재미있으면 관람료를 내겠다고 말할 수 없는 것이다.

미국 전역에 영화와 텔레비전 관련 사업체 11만 5,000개가 있다. 미드 시장에서 기술이 좋은데 보수를 적게 요구하는 이는 없다고 봐야 한다. 이들은 누구보다도 스스로의 가치를 잘 알고 있으며, 혹 본인이 자각하지 못하더라도 영화 인력 시장이 "당신의 1시간은 몇 달러"라고 정확히 알려준다.

예술을 돈으로 사려고 하지 말라는 말은 미국 영화산업에서 통하지 않는다. 여기서는 예술을 돈으로 사고판다. 거기에 죄책감이나 자괴감은 없다.

Q: 미드는 왜 에피소드극으로 만들어지는가?

미드는 대개가 에피소드극이다. 그것은 영상산업의 본직적인 불확실성 때문이다. 에피소드극으로 만드는 가장 중요한 이유는 한마디로 판매의 유용성 때문이다. 스토리가 한두 편의 프로그램에서 완결되지 않을 때, 구매자는 그 프로그램의 전부를 구입할 것인지 말 것인지 결정을 해야 한다. 판매자 입장에서도 모두 팔든지 못 팔든지 결단이 나는 일이다. 그러나 에피소드극의 형식으로 제작이 된다면, 10편씩 묶어서 판매 계약을 할 수 있어서 판매자와 구매자 상호 간에 위험 부담을 줄일 수 있다.

Q: 미드의 스토리는 누가 만들어내는가?

미드의 대본작가는 기획 작업부터 참여하기도 하고, 기획 직후부터 프로듀서로부터 대본 작업을 의뢰받아 시작하기도 한다. 대본은 제작의 출발이 되므로, 영화나 드라마에서 결정적으로 중요하다. 대본 없이는 어떤 출발도 할수 없다.

미드는 한 시즌당 10여 편에서 20여 편에 이르는 에피소드를 제작해야 하므로, 모든 에피소드를 한 작가가 쓰는 경우는 없다. 이는 편당 수백만 달러가 투입되는 작업의 공정으로는 가능하지 않다. 미드에서는 파일럿 대본을 쓴 창작자가 나머지 에피소드에서는 대본작가로서의 역할보다는 문자 그대로 창작자의 역할을 수행한다.

방송 대본을 쓰겠다는 작가들은 넘쳐난다. 이들은 연간 10만 개 이상의 대본을 생산해낸다. 그중 프로듀서가 검토하는 대본은 1만개 정도라고 보면 된다. 또 그중에서 250~350개 만 대본의 수정 및 아이디어 개발 작업이 추진된다. 그중 25~35개 이하만 파일럿이 제작된다.

파일럿 제작 작업에 들어간다는 것 자체가 대단한 일이다. 한 시간짜리 프로그램의 파일럿에는 대략 300~700만 달러(30~70억원)가 소요된다. 파일럿에 엄청난 제작비가 소요된다는 것을 알게 되면, 이 정도의 검증 과정을 거쳐야만 파일럿에 이른다는 것이 그리 이상해 보이지 않는다. 전투 신과 컴퓨터그래픽 작업을 많이 포함한 우리나라 방송 사극이 한 시간짜리 한 편에 2억 원 정도 투입된다는 사실에 비교할 때, 미드의 파일럿은 엄청난 규모이다.

미드 시장에서 연간 10만 개의 대본이 쓰여지고 100개의 파일럿이 제작되었다고 한다면, 100/100,000으로 0.1퍼센트만이 성공의 후보 위치까지 도달했다는 것을 의미한다. 더 냉혹하게도, 파일럿들 중에서 30개 안팎만 실제로 방송에 편성된다. 그런데 더욱 놀라운 것은 파일럿들 중에서도 10~15개 정도의 작품만 시리즈로 제작된다는 것이다. 네트워크별로 2~3개 정도가 된다. 그 중에서도 시즌2, 시즌3 등으로 이어지고, 스핀오프 시리즈가 제작될 만큼 인기를 얻을 수 있는 작품이 하나 나오기는 쉽지가 않다.

Q: 미드는 왜 에피소드마다 작가와 감독이 바뀌는가? 미드의 크레디트 자막에 나타난 'Created by'와 'Screenplay'는 어떻게 다른가?

'Created by'는 최초 스토리의 창작을 누가 했는가를 밝히는 것이다. 이 이야기의 구성, 주인공의 캐릭터, 관계, 스토리 전개 방식 등 기본적인 골격을 누가 창작했는가를 보여준다. 파일럿 프로그램의 작가 이름이 여기에 들어갈 가능성이 높다. 'Screenplay'는 매 에피소드마다 대본을 쓴 작가를 말한다.

Q: 미드 스타들은 왜 그렇게 높은 출연료를 받는가?

2010년까지는 배우 찰리 신이 프라임타임대 미국 TV 프로그램에서 가장 많은 출연료를 받는 스타로 조사됐다. 'TV 가이드'에 따르면, CBS의 인기시트콤 '두 남자와 2분의 1(Two and a Half Men)'에 바람둥이 독신남으로 출연 중인 찰리 신이 편당 82만 5천 달러(한화 약 8억 4천만원)를 벌어들여 1위에 올랐다. 찰리 신에 이어 CBS 드라마 'CSI'에 길 그리섬 반장 역으로 출연한 배우 윌리엄 피터슨이 편당 60만 달러(한화 약 6억원)의 출연료를 받아 2위를 차지했다.

여배우로는 NBC의 '로 앤드 오더' 시리즈에 출연한 마리스카 하지테이가 편당 40만 달러(한화 약 4억원)로 1위에 올랐다. 케이블 채널 TNT '더 클로저'의 카이라 세드윅이 편당 27만 5천 달러(한화 약 2억 8천만원)로 뒤를 이었다.

낮 시간 프로그램과 리얼리티쇼 출연자 중에서는 포브스지가 올해 최고의 영향력을 가진 스타로 꼽은 오프라 윈프리가 한 해 동안 3억 8천 500만 달러(한화 약 3천 912억원)의 수입으로 단연 1위에 올랐다. 그 외 FOX 네트워크의 인기 쇼프로그램 '아메리칸 아이돌'의 진행자인 사이먼 코웰(연간 5천만 달러), CBS의 심야 토크쇼를 진행하는 데이비드 레터맨(연간 3천 200만 달러) 순으로 이어졌다.

'두 남자와 2분의 1'에서 찰리 신이 하차한 후, 그 역할을 이어받은 애쉬튼 커처는 단숨에 TV 출연료 킹으로 등극했다. 그 동안 최고의 출연료 기록을

보유했던 찰리 쉰이 하차하고 그를 대신해 '두 남자와 2분의 1'에 투입된 커처는 에피소드당 70만 달러(한화 약 7억 6,000만원)를 받게 됐다. '두 남자와 2분의 1'에서 커처의 연봉은 약 1,680만 달러지만 이는 찰리 쉰이 받았던 연봉에 비해 50만 달러 정도 낮은 수준이기 때문에 그가 등장하는 시트콤의 반응에 따라 출연료의 대폭적인 인상이 기대되고 있다.

'두 남자와 2분의 1(Two and a Half Men)'은 10번째 시즌에 돌입했다. 이에 앞서 애쉬튼 커처, 존 크라이어, 그리고 아역 앵거스 T. 존스는 이미 출연 연장계약에 사인을 마쳤다. '두 남자와 2분의 1'은 앞서 지난 8시즌 동안 주인공을 맡아온 찰리 쉰의 하차 이후에도 관계자들의 우려와 달리 시즌 9 방영 기간 동안 평균 1,500만 시청자의 눈을 사로잡으며 꾸준한 인기를 유지해왔다.

새롭게 주인공을 맡은 애쉬튼 커처도 불륜사건으로 인해 연상 아내 데미 무어와 시끌벅적한 이혼을 하는 등 사생활 문제가 있었음에도 불구하고 '두 남자와 2분의 1'의 인기는 식지 않았다.

드라마 하나로 스타덤에 오른 배우를 꼽으라면 단번에 '프렌즈'의 제니퍼 애니스톤과 '섹스 & 더 시티'의 사라 제시카 파커가 떠오른다. 제니퍼 애니스톤은 언제까지나 '프렌즈'의 대책 없지만 사랑스러운 레이첼 그린일 테고, 사라 제시카 파커도 '섹스 & 더 시티'의 캐리 브래드쇼를 벗어날 수 없을 것이다.

이 드라마 없이 뉴욕을 ❻
말할 수 없다 – Sex and the City

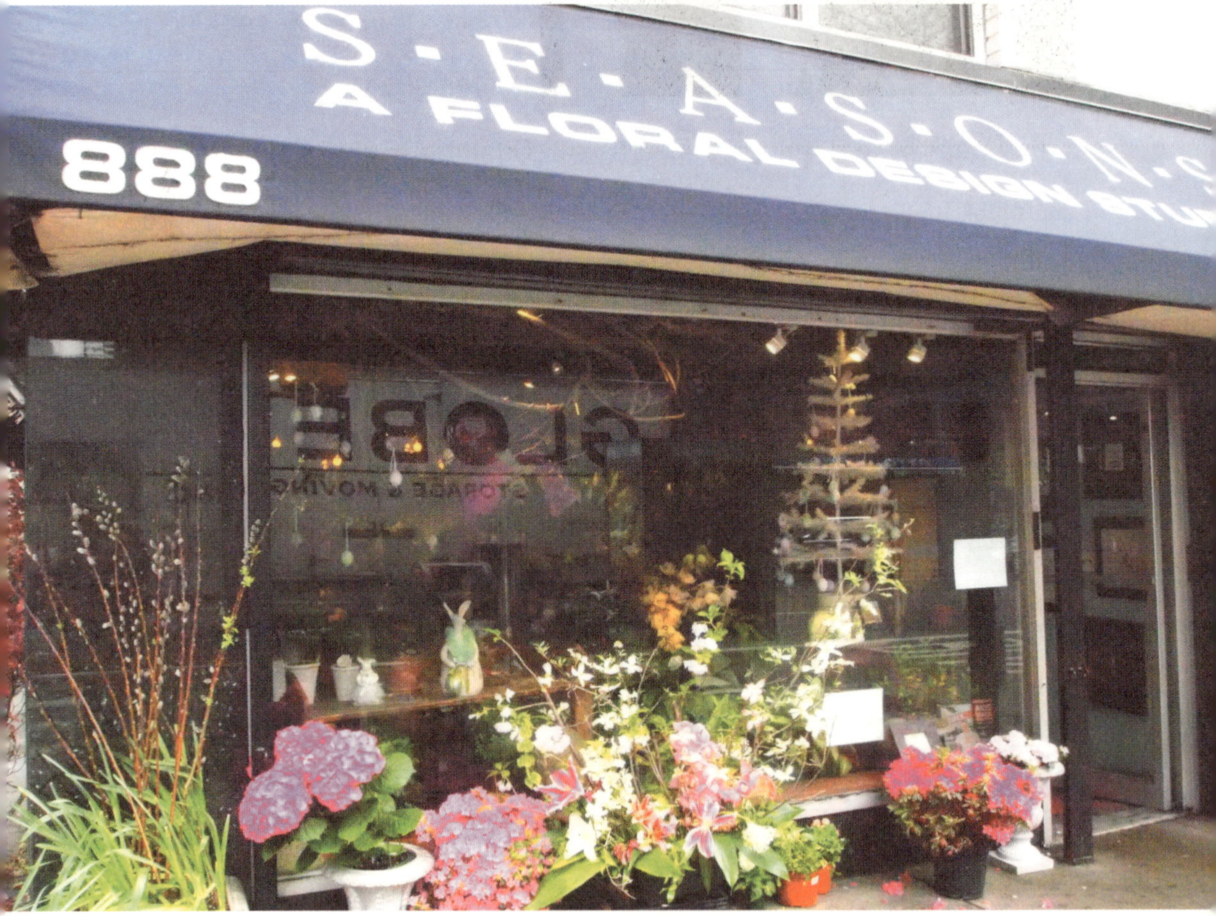

미국의 드라마 '섹스 & 더 시티'가 왜 국경을 초월해서 세계 각국의 시청자들을 매니아로 만드는가? 처해있는 상황과 문화적인 배경, 생활 패턴이 전혀 다른 곳에서도 추종자들을 만들어내는 이유는 인간의 공통적인 심리를 그려내기 때문이다.

'섹스 & 더 시티'를 쓰고 만들어낸 대런 스타(Darren Star)는 이렇게 말한다. "내 드라마에서는 등장인물이 길가에 핀 꽃을 보면서 '꽃이 참 예쁘게 많이 피었구나' 같이 식상한 대사는 하지 않습니다. 그런 드라마는 힘이 없습니다" 실제로 그의 작품 속에 구태의연한 대사, 식상하고 예측 가능한 이야기 전개는 없다. 늘 예측 불가능하고, 인간 심리의 정곡을 찌른다. 그래서 미국산이라는 태생적인 한계(?)에도 불구하고 전 세계적인 인기를 끌고 있다.

대런 스타의 인터뷰 발언은 드라마라는 장르의 핵심을 찌른다. "TV 드라마는 확실히 작가를 위한 매체다. 좋은 작가란, 상투적인 것을 쓰지 않는 사람이다. 길을 걷다가 '어머 이 꽃 좀 봐' 하면서 발걸음을 멈추고, 꽃향기를 맡는 그런 흔해빠진 멜로적 캐릭터는 만들고 싶지 않았다. 난 그런 드라마를 보면 속이 뒤집어진다. 나는 캐릭터가 '그럴듯해' 보이는 수준을 넘어 살아서 움직이는 캐릭터라고 믿기를 바랐다. 그리고 성공했다."

1998년 미국 영화 채널 HBO를 통해 첫 방송을 시작한 '섹스 & 더 시티'는 '비버리힐즈 아이들', '멜로즈 플레이스' 등 전설적인 미드를 만들었던 프로듀서 대런 스타가 만들었다. 도발적이고 자유분방한 뉴요커 커리어 우먼 네 명의 일과 사랑을 그린 이 프로그램은 전 세계 여성들의 열광적인 지지를 얻었다. 주인공들은 패셔너블한 면모와 당당한 라이프스타일을 자랑하는 커리어

우먼들이다. 이 드라마를 보면서 많은 여성들은 자신을 주인공에 대입시키면서, 주변의 친구들을 샬롯, 사만다, 미란다에 투영시켜 역할을 부여하곤 한다.

이 드라마 시리즈는 2004년까지 6년간 방송되며 미국서 평균 시청률 21.8%를 기록했다. 이들이 입는 것, 신는 것, 마시는 것, 생각하는 것은 곧 유행이 됐고, 우리나라에도 2만 5천명이 '섹스 & 더 시티'의 동호회에 가입했다.

드라마 '섹스 & 더 시티'를 관통하는 키워드는 섹스, 패션, 뉴욕이다. 그만큼 뜨거운 대사들도 많다. 뉴욕 여성들의 성문화를 굉장히 솔직하고 공감 가는 성담론으로 자유롭게 풀어내서 많은 여성들에게 대리만족과 해방감을 주기도 했다. 또 칼럼니스트인 캐리의 독백 등을 통해 연애 지침서로 손꼽힐 만큼 사랑이나 남녀 관계에 대한 감각적인 명대사들이 등장한다.

"남자에게 '난 너와 자기 싫어'라고 말하면 세상에서 가장 황홀한 섹스를 맛보겠지만, '당신을 사랑해'라고 말하면 다시는 그와 잘 수 없을 거야.", "백악관에 좀 더 잘 생긴 남자를 보내야 해. 닉슨을 봐. 아무도 그와 섹스하지 않으니까, 그 사람이 아무하고나 하는 거잖아." 이런 맹랑한 대사들이 나온다.

이 드라마는 미국뿐 아니라 한국에서까지 자신의 성적 경험을 털어놓는 것이 '쿨'한 것이라는, '불손한' 철학을 만들어냈다. 세상은 벌컥 뒤집혔다. 게다가 이 드라마는 사랑의 상처를 어루만져 주는 것은 남자가 아닌 구두나 핸드백이라고 발언했다. '사랑' 혹은 '결혼'을 유일신으로 모신 '멜로 드라마의 왕국'에서 이 드라마는 쿠데타를 일으켰고, 성공했다.

뉴욕은 '섹스 & 더 시티'의 중요한 주인공이다. 뉴욕의 대표적 명소로는

'맨하탄'에서 가장 유명한 아파트라는 '캐리'의 집이 있는 '어퍼 이스트 사이드(Upper East Side)', 샬롯의 꿈같이 호화로운 신혼집이 위치한 파크 에비뉴(Park Avenue), '캐리'가 칼럼니스트로 활약할 패션지 '보그'의 사옥이 위치한 뉴욕의 중심가 메디슨 에비뉴(Madison Avenue), 구겐하임과 모마의 전시실, 여성들의 눈길을 사로잡는 뉴욕 5번가(5th Avenue)의 명품 거리까지 여성들의 마음에 '뉴욕'으로 떠나고픈 열망을 한껏 자극하며 뉴욕 판타지를 설파했다.

또 드라마에 등장하는 주인공들의 옷과 구두, 가방은 방송 다음날이면 바로 품절사태가 일어난다는 일화가 있을 정도로 미국의 패션과 트렌드를 선도하는 작품이 '섹스 & 더 시티'다. 슈어홀릭 캐리가 예찬했던 고급 수제화 브랜드 마놀로 블라닉과 지미 추 등은 '섹스 & 더 시티' 방영 이후 유명세를 떨쳤다. 새로운 잇걸로 떠오른 사라 제시카 파커 역시 드라마 성공으로 패션디자이너 겸업을 선언하기도 했다. '섹스 & 더 시티' 프로듀서 대런 스타는 이렇게 말했다. "여자의 눈높이로 본 세상은 즐거웠다. 여자가 스스로의 시선으로 자기들 얘기를 한다는 게 매력적이었다. 나는 작가로서, 여자의 신발을 신고 그들 눈높이로 세상을 보는 일이 즐거웠다. 여성은 진정 감성적인 피조물이다. 그들 얘기를 하는 건 일이 아니라 재미로 느껴졌다."

이 드라마에서 남자는 구두보다 더 자주 바뀐다. "한 자릿수로 잔 남자는 처음부터 기억을 안 한다"는 대사가 나올 만큼, 남자를 소비재로 치부한다. 대런 스타는 이에 대해서 말한다. "드라마에 거창한 의미를 부여하는 건 질색이지만, 이 드라마가 들려주려 했던 건 '남자가 없어도, 행복할 수 있다'는 결론이다. 진정한 행복은 남자, 그리고 관계가 아니라 스스로에게서 발견하는 것이고, 때론 동성의 친구도 행복을 줄 수 있단 얘기다."

그가 프로듀서로서 드라마를 만들 때 가장 먼저 고려하는 것은 매력적인 캐릭터다. "곁에 있으면 반할 것 같은, 그래서 함께 시간을 보내며 알아내고 픈 캐릭터를 만들어 내는 것이다. 거기에 어떤 원칙 같은 것은 없다."

대런 스타(Darren Star)는 캘리포니아대에서 창작을 전공하고 각본가와 프로듀서로 출발, 베벌리힐스의 아이들(Beverly Hills, 90210), 멜로즈 플레이스(Melrose Place), 센트럴 파크 웨스트(Central Park West), 더 스트리트(The Street) 등을 기획하고, 연출했다. 그를 '트렌디 드라마의 황제', '황금손을 가진 사나이'로 만든 것은 '섹스 & 더 시티'다.

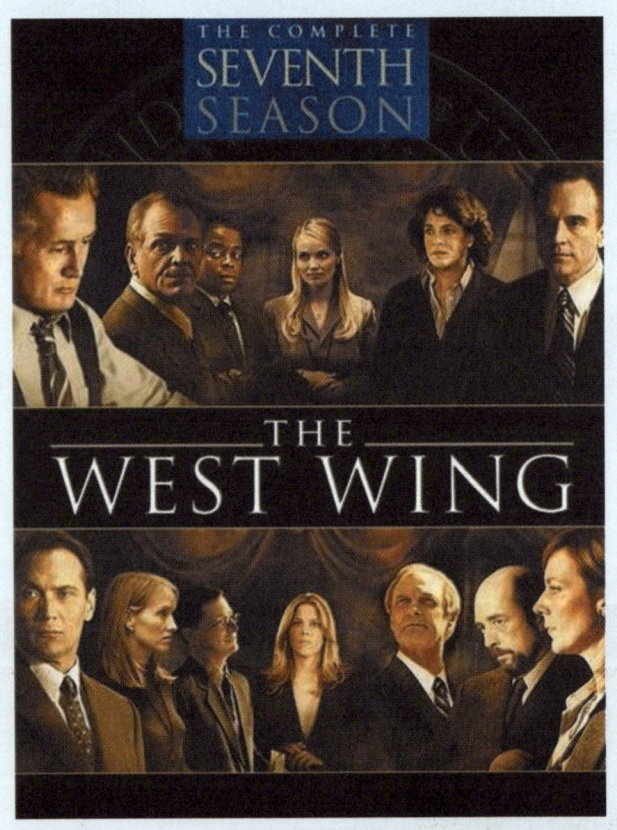

미국드라마 중에 〈웨스트 윙〉이 있다. 미국 백악관의 웨스트 윙을 무대로, 참모들을 중심으로 엮어가는 정치드라마다. 정치를 소재로 다룬 드라마가 대중적인 인기를 얻기 어려울 것이라는 예상을 깨고 이 드라마는 큰 성공을 거두었다. 1999년 가을에 첫 시리즈를 시작한 〈웨스트 윙〉은 4년 연속 에미상 TV 드라마 작품상을 받았다. 국가 안보, 경제, 범죄, 의회와의 알력, 언론과의 관계 등을 탄탄하고 박진감 넘치게 그려내고 있다. 각본을 봐도 군더더기가 없고 물샐 틈이 없다. 다양한 가치와 문화, 생각, 거기에 근사한 유머까지 절묘하게 섞어놓았다. 현실감 있는 드라마로 정치 세계를 그리고 있다. 매회 색다른 정치적인 주제를 다루면서도 사람들 사이의 관계를 깊이 있게 그려내서 시청자의 마음을 움직인다.

이 드라마에는 매력적인 인물들이 등장한다. 〈웨스트 윙〉의 대통령 바틀렛은 선형적인 외유내강의 캐릭터다. 부드러운 유머 감각으로 주변 사람들을 편안하게 해준다. 하지만 동시에 정치적인 술수를 부리는 다른 정치인들을 한 순간에 압도하는 카리스마도 지니고 있다. 〈웨스트 윙〉의 크리에이터이면서 제작자인 아론 소킨은 드라마에서 충실한 스토리가 가장 중요하다는 것을 여실히 보여주고 있다.

그런데 1999년에서 2006년까지 7년 동안이나 최고 인기를 끌면서 방영된 이 드라마를 관통하는 한 가지 주제가 있다. 바로 '국민을 감동시키는 메시지'이다. 백악관은 국민을 감동시키는 정치가 무엇인가에 대해서 끊임없이 고민하고 방법을 찾는다. 풀기 어려운 정치적인 문제에 직면했을 때, 외교적인 이익과 국민 이해가 충돌했을 때, 백악관 비서실장의 사생활에서 숨기고

싶은 오점이 폭로되었을 때, 백악관 참모가 TV에 나가서 우발적으로 종교계를 모독하는 발언을 했을 때, 이런 위기 상황마다 어떻게 수습을 해가는가를 보여준다.

그래서 〈웨스트 윙〉은 단순히 인기 있는 드라마에 그치지 않고, 미국의 정치인들이라면 누구나 꼭 봐야 할 정치교과서로까지 인식되고 있다. 바로 국

민과의 소통을 위한 '메시지'가 전체를 관통하는 주제이기 때문이다. 어떤 메시지를 통해서 국민들의 마음을 사고, 국민들과 공감대를 형성해 나가야 하는가에 대한 고민을 매 에피소드마다 담고 있다. 그 속에 감동이 있다. 내가 이 드라마의 150개가 넘는 에피소드를 DVD로 두 번이나 다 보게 된 건 '메시지의 감동' 덕분이다.

영화가 08 개봉된 후

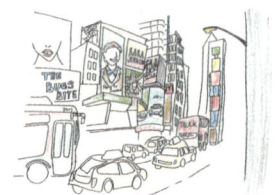

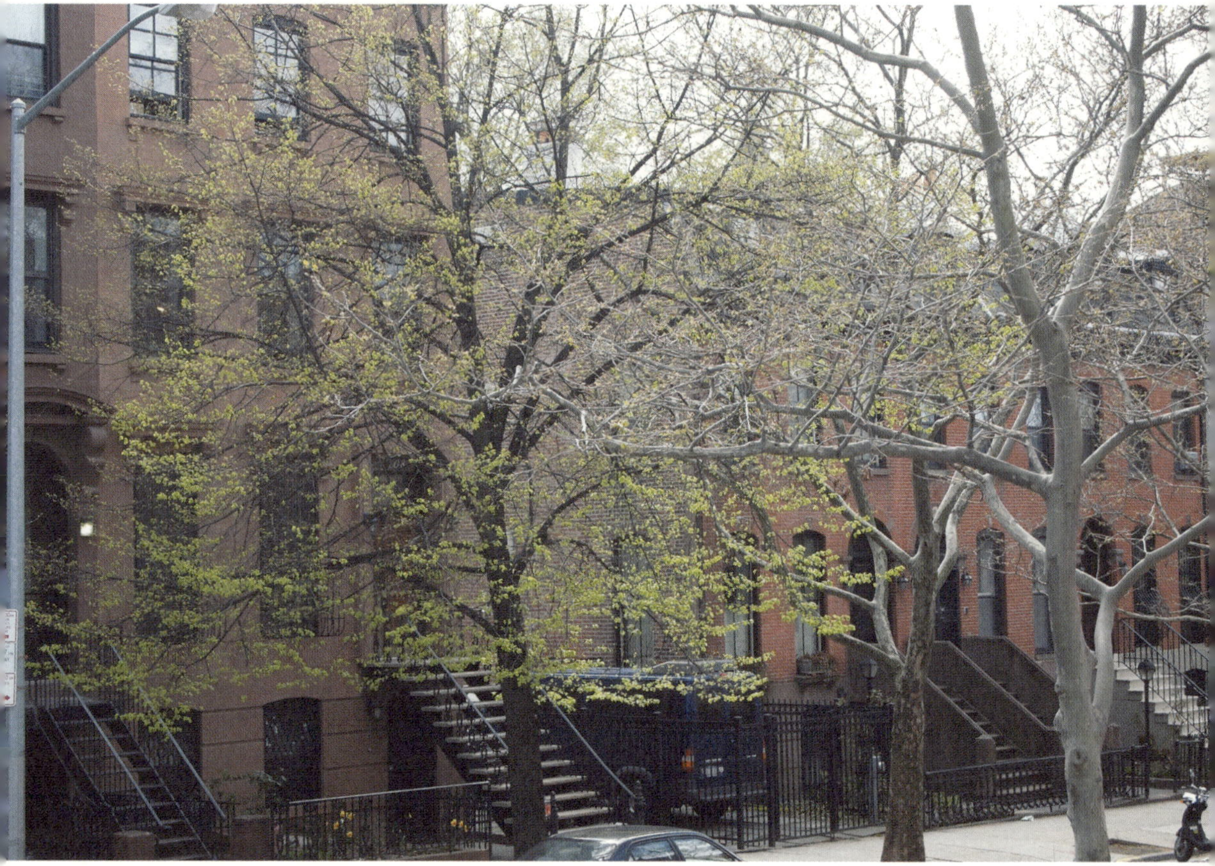

'섹스 & 더 시티'의 주인공 캐리가 사는 집으로 나오는 동네. 저 계단에 앉아 있던 장면이 많았다.

KAIST 정보미디어연구센터의 '글로벌 엔터테인먼트산업 경쟁력 보고서'에 따르면 한국 영화 산업은 세계시장의 1.8%(11위)를 차지하고 있다. 게임 산업이나 음악 산업의 경쟁력에 못 미친다. 게임 산업과 음악 산업은 세계 톱20 엔터테인먼트 기업 순위에 각각 3개사를 진입시켰다. 영화사는 그렇지 못하다.

영화 산업은 부가 판권(DVD, VOD, 케이블) 시장이 중요하다. 미국의 경우, 새 영화가 나오면 극장 매출(20%)의 두 배를 해외와 부가 판권(DVD, VOD, 케이블) 시장에서 각각 올리고 있다. 극장에 개봉한 뒤에 DVD, VOD, 케이블에서 훨씬 많은 수익이 오른다. 그런데 우리나라는 그렇지 못 하다. 우리의 경우, 부가 판권 시장이 극장 매출의 10분의 1, 수출은 100분의 1 수준이다. 그렇기 때문에 극장 개봉에서 성공하지 못 하면 끝이다. 패자부활전 기회가 없다. 2011년 국내에서 제작한 150편 중 흑자를 낸 영화는 16편뿐이다. 타율로 따지면 겨우 1할 정도이다. 영화 열 편을 만들면 겨우 한 편이 흑자를 낸다.

영화 산업에서는 영화 관객 데이터가 중요하다. 한 작품에 대한 면밀한 관객 데이터 분석을 통해서 다음 작품의 성공 확률을 높일 수 있다. 그런데 데이터를 쌓아놓고 있는 멀티플렉스는 콜라·팝콘 판매나 광고 수입 늘리는 데만 관심이 있지 상영이 끝난 영화 분석에는 관심이 없다. 분석이 없다 보니 성공과 실패에 대한 데이터 없이 다음 영화 제작 현장으로 달려가게 된다. 그러다 보니 우리 영화 산업의 타율은 계속 1할에 머물게 된다.

영화 산업이 경쟁력을 갖추기 위해서는 부가 판권 시장을 공략해야 한다. 극장 개봉에서 영화의 운명이 갈리는 것이 아니라, 그 후의 시장에서 수익을 올리는 구조가 되어야 한다. 미국 소비자들도 예전에는 불법 다운로드를 많이 했다. 그러다가 애플의 아이튠스 스토어 개설 후 대부분 유료 사용자로 바뀌었다. 우리도 극장에서 뿐만이 아니라 유료다운 시장에서 좋은 서비스가 많이 나와야 한다.

사랑엔 ⑨ 말이 필요 없다 – 사랑스러운 대사

"사랑이 짧으면 슬픔은 길어진다"
(라스베가스를 떠나며)

"여자는 사랑 때문에 울지만... 남자는 자신 때문에 운다"
(레드 로즈, 화이트 로즈)

"사랑엔 말이 필요 없다"
(스피치리스)

"때때로 사랑은 기적처럼 아름다운 여정이며 용기 있는 모험입니다"
(아름다운 비행)

"오늘 하루를 이 남자가 망쳐 버렸다. 너무나 근사하게... "
(어느 멋진 날)

"사랑은 마치 바람과도 같아.... 보이지는 않지만.... 느낄 수는 있으니깐....."
(워크 투 리멤버)

"가끔 라디오에서 좋은 노래가 나올 때가 있어. 노래를 듣고 나선 들은 것만으로 행복해지기도 해.
만약 평생 동안 듣고 싶은 노래가 있다면, 넌 그런 노래일거야"
(유 콜 잇 러브)

"준 것 만큼 받으려 한다면 그건 더 이상 사랑이 아니라 거래다"
(자귀모)

"만약에 사랑에도 유효기간이 있다면 나의 사랑은 만년으로 하고 싶다"
(중경삼림)

"매일 눈을 떴을 때 너를 볼 수 있길 바래."
(첨밀밀)

"사랑은 타이밍이다" (Sex and the City의 명대사)

"사랑은 마치 빈 택시를 잡아타는 것과 같다.
사랑해서 만난다기보다는 타이밍 좋게,
저기 몰고 오는 빈 택시를 잡은 여자랑 사랑에 빠지는 거와 같다고...
나이가 먹을수록 느끼지만 사랑은 타이밍이다."

"너무나 많은 길과
너무나 많은 우회로
너무나 많은 선택과 실수를..

인생이란 도로를 달릴 때
여자들은 종종 길을 잃곤 한다.

그럴 땐 '만약' 이란 말을 잊어 버리고
계속 나아가야 한다."

"뉴욕을 상징하는 과일이 사과라면
뉴욕을 상징하는 소리는 사이렌이다.
사이렌 소리가 계속 들리는 걸 보면
끊임없이 누군가가 다치고 있나 보다.

하지만 사이렌 소리를 울리지 못 하는 상처들은
어떻게 할까."

｜ 이별 규칙 ｜

섹스 & 더 시티 시즌2에서 캐리가 빅과 이별한 뒤에...

첫 째, 사진을 죄다 없애라. 섹시한 모습의 그와 행복해 보이는 내 사진들을.
둘 째, 거짓말을 하라.
셋 째, 감정이 정리되기 전엔 절대로 쇼핑을 하지마라.
넷 째, 단 한순간도 잊지 마라, 잊는 순간 나타난다.
다섯째, 상대가 누구건, 얼마나 큰 상처를 받던 친구들이 없다면 극복 해낼 수
        없다.
여섯째, 애인과 헤어지면 거닐던 장소 심지어는 시간대도 신경이 쓰인다.
        도시는 감정의 지뢰가 매설된 전쟁터가 되고, 발을 잘못 내딛으면
        그 순간 황천길이다.

내가 정말 빅을 사랑했던 것일까.
아니면 고통에 중독됐던 것일까.
가질 수 없는 사람을 사랑하는 데서 오는 격렬한 고통...

그렇게 끝이 났고
나는 빅을 떠나보냈다.

난 자유였지만
전혀 후련하지 않았다.

"그가 어떻게 생겼는지 기억이 안나...
내가 누군가를 정말 좋아할 때 일어나는 현상이지 난 단지 그때 기분만이 생각나"

"뉴욕에서 썩 괜찮은 남자들은 유부남 아니면 게이들이라니까."

"세상에 완벽한 상사, 완벽한 부모, 완벽한 드레스는 존재하지 않는다.
있는 것을 활용해 최선을 다해 즐겨야 한다!"...

"내 과거가 미래를 안 망쳤음 좋겠어"

"당신을 사랑해, 하지만 난 나를 더 사랑해.
(I love you, but I love me more.)"

−사만다가 바람둥이 애인 리처드에게 이별을 고하면서...

"우리가 왜 결혼하려고 했지?"
"글쎄, 결혼하지 않으면 사랑이 아닌 것처럼 보일까 봐서겠지?"

"어쩌면 우리가 천생연분일지 몰라.
멋진 남자들은 재미로 만나는 거고,
우리가 서로의 천생연분이 아닐까?"

– (여자 친구 네 명이 모여서...)

관객은 11 누구나 영화평론가다

요즘 관객들은 언론에 나오는 영화평을 그저 참고 자료 정도로 여긴다. 영화 리뷰가 영화 홍보 비슷하게 돌아가고, 터무니없는 영화에 대해서도 최소한 '침묵'으로 예의를 지키는 영화 리뷰를 독자들이 신뢰하지 않는 것이다. 영화에 관심이 많은 관객들은 인터넷을 통해서 영화에 대한 비평을 하고 결론을 내린다. 의견 합의까지 본다. 여기까지 걸리는 시간이 채 일주일이 되지 않는다. 언론이 그 영화에 대해서 무엇이라고 할지 예전처럼 기다리고 지켜보지 않는다.

그런데도 언론에 나오는 영화 소개나 영화 평을 보면 '공급자 중심'의 보도가 많다. 소비자 중심의 보도를 할 때라야, 관객이 자신의 돈 7천원을 들고 어떤 선택을 해야 가장 즐겁게 두 시간을 보낼 수 있는지 예측할 수 있는 알찬 정보가 된다. 신문이나 방송 등 전통적인 매체보다 오히려 새로 나온 영화 잡지 등에서 소비자 중심의 영화 소개를 더 많이 한다. 차별화 전략이다. 현재 상영 중인 영화 목록을 다 내보이며 각각의 영화에 대해서 평점을 별표로 매기기도 한다. 영화 전문가들 대여섯 명이 각자 자신의 평을 하고, 그것의 평균점을 별표로 환산한다.

전문가라도 보는 시각이 좀 다를 수 있기에, 각자가 쓰는 '20자 평'은 좀 다르게 나오기도 한다. 하지만 영화 관객의 입장에서 볼 때, 그런 평도 읽을 맛이 있다. '웃고 있지만 즐겁지 않다', '참신한 맛과 어설픈 맛이 반반'이라는 표현도 나온다. '새로운 시도, 특이한 전개, 결과는 불협화음' 이렇게 직격탄도 날린다. 이런 방식의 평은 공급자 중심의 평가가 아니라 관객 입장에서의 평가라서 마음에 들어온다.

스크린을 아무리 많이 잡아도, 영화가 재미없으면 관객은 보러 가지 않는다. 처음에 홍보와 마케팅의 거대한 물결에 떠밀려서 '얼떨결에' 영화를 본 관객들은 실망하고 분노한다. "그 영화 형편없어"하고 입소문을 내기 시작하면서 관객은 돌아선다. 홍보와 마케팅, 스크린 독점 작전은 초반에 영향력을 행사할 뿐, 2주만 넘어가면 관객의 평가에 따라 운명이 엇갈린다. 관객들의 평가는 냉정하다.

영화 제작에 투자하는 돈이 몰리는 현상 속에서, 자금 확보가 용이해진 제작사는 '실적'을 내보여야 하기 때문에 어설픈 작품도 나온다. 한국 영화가 연간 100편을 만드는 시대다. 하지만 영화는 많아도 볼만한 영화는 정말 드물다.

그런 상황 속에서 공급자 위주의 영화 소개와 영화 비평이 난무한다. '동업자 정신'도 한 몫 한다. 같은 업계에 발을 담그고 있는 사람들끼리 냉정한 평가를 꺼리는 심정도 있다. 하지만 그 피해는 영화의 소비자인 관객이 입게 된다. 아닌 것은 아니라고 말할 수 있는 평이 필요하다. 그래야 장기적으로나 전체적으로 볼 때 영화 평론의 권위가 선다. 공급자 중심의 접근으로는 이미 소비자들의 마음을 사기 어렵다.

Part 2
뉴욕, 그리고
공연, 뮤지컬

city outdoor

01 대리운전 2조원, 껌 1조원, 클래식은 1천억원

02 향수는 샤넬, 자동차는 벤츠, 뮤지컬은
    브로드웨이 (브랜드의 힘)

03 브로드웨이, 오프 브로드웨이, 오프 오프 브로드웨이

04 Remember your first time?
    (뉴욕 브로드웨이의 장기공연)

05 브로드웨이의 보이지 않는 손

06 99%의 청중이 조명을 의식하지 못하지만 100%의
    청중은 그것에 의해 영향 받는다(뮤지컬의 연주와 조명)

07 죽을 힘을 다해서 노래하면, 관객도 죽을 힘을 다해서
    들어줍니다 (소리꾼 장사익의 링컨센터 공연)

08 2PM과 2AM의 멤버를 구분할 수 있는가?

대리운전 2조원, 껌 1조원, 01 클래식은 1천억원

우리나라의 대리운전 산업 규모는 1년에 2조원이다. 껌의 매출은 1조원이다. 영화는 2조원 정도에 육박한다. 그런데 공연 산업의 1년 규모는 4천억원이다. 그리고 그 중에서도 뮤지컬이 차지하는 비중이 절반 이상 된다. 그러다 보니, 클래식과 무용 등의 규모는 1년에 1천억원 정도이다. 웬만한 중견기업 하나의 1년 매출이 1천억이라고 보면, 중견기업 하나의 매출 정도에 그치는 것이 우리나라 클래식 공연 산업의 현주소다.

클래식이 1천억원의 시장을 가졌다고 하지만, 이것이 순수하게 티켓 판매는 아니다. 기업의 후원금과 티켓 판매를 다 합해서 이 정도가 되는 것이다. 그러니 장생산업이라고 보기는 어렵다. 삼성의 1분기 이익이 5조에 이른다는 걸 생각하면, 우리나라 공연 산업의 규모가 얼마나 작은 것인지 알 수 있다. 현대자동차에서 에쿠스 3천대를 파는 정도랄까? 대리운전 산업 규모가 2조인데 클래식 시장은 1천억원이니, 대리운전 사업의 20분의 1 정도인 셈이다.

우리나라에서 대중들의 공연 구매 심리를 보면 '선호도'와 '희소성'이라는 두 가지 가치가 동시에 존재한다. '선호도'는 개인적으로 어떤 아티스트를 좋아한다는 것이다. 그런데 우리나라는 이제까지 '희소성' 위주로 구매가 되어 왔다. 외국의 유명한 오케스트라가 최초로 내한공연을 가진다던지, 5년 만에 다시 왔다 던지, 이런 희소성이 있을 때 구매심리가 높아진다. 그리고 과거에는 신문에 많이 의존해서 공연을 선택했다. 정경화의 귀국 공연이라든지, 파바로티 등 빅3 테너의 공연처럼 언론이 띄워주는 공연을 '꼭 봐야할 공연'이라고 생각해서 표를 사는 것이다. 지금은 많이 달라지고 있다. 개인적인 선호도 위주로 공연을 선택하는 경향이 점차 높아지고 있다.

　우리나라 사람들은 공연을 얼마나 자주 볼까? 공연 관객 통계라는 것은 유통처럼 출구조사로 잘 잡히지 않는다. 이마트에서 껌이 얼마나 팔렸는지는 금방 답이 나온다. 그런데 공연 통계는 그렇지 않다. 정부 통계에 따르면, 우리나라 국민 다섯 명 중에서 1명이 1년에 공연을 한번 볼까 말까 한다. 이 숫자는 초대권과 유료관객을 다 합한 것이다. 클래식 공연에 대해서는 비싸고 잘 모른다는 생각을 하기 때문에 공연 관객 수 자체가 적다.

　우리나라 국민들은 영화를 1년에 평균 4회 정도 본다. 그러니 영화 시장은 소비자 인구가 2억 명 정도 되는 셈이다. 선진국일수록 영화를 보는 횟수와 공연을 보는 횟수가 비슷하다. 영화 산업이 매출을 늘리는 방법은 두 가지다. 하나는 평균 관람횟수를 높이는 것이다. 다른 하나는 티켓 가격을 올리는 것이다. 같은 영화라도 시스템을 다르게 만들어서 티켓 가격을 올린다. 같은 영화라도 3D는 더 비싸게, 4D는 더욱 비싸게, 골드 클래스는 3만원을 받는 식이다. 같은 컨텐츠를 가지고 시스템을 다르게 할 수 있다. 공연은 이런 두 가지 방법이 다 어려운 상황이다.

우리나라의 문화 수출은 정면 승부를 던져야 한다. 외국 공연을 교민상대, 교포 상대로 다가서서는 '무늬만 수출'이다. 일본 사람, 미국 사람들이 열광하는 공연을 만들어내야 한다. 그래서 앞으로 클래식 아티스트들의 '수출'도 정면 승부가 될 수 있도록 기획해야 한다.

사실 우리나라에서 '팔리는 공연'과 '보여주고 싶은 공연'은 좀 다르다. 좋은 공연을 '팔리는 공연'으로 만드는 일이 중요하다. 경영 마인드가 필요하다. 문화경제학자들 입장에서 보면, 국립발레단이나 오페라단에 연간 80억을 쏟아 붓고 티켓은 10억이나 15억 정도 파는 건 '넌센스'이자 '아이러니'이다. 60억 적자에 대한 '명분'이 있어야 한다. 문화예술을 좀 더 넓고 깊게 보급시키기 위해서는 '보살핌'이 필요하다. 최근에는 문화관광부에서 초대권을 없애고 공연 티켓 값을 낮추는 시도를 하고 있다. 티켓값 거품 빼기라는 측면에서, 또 공연장 문턱을 낮춘다는 측면에서 바람직한 일이다.

Telecharge
Broadway's box office.
Online. By phone.
It's that simple.
BENNY ANDERSSON & BJÖRN ULVAEUS'
MAMMA MIA!
THE SMASH HIT MUSICAL BASED ON THE SONGS OF ABBA
ERSSON & BJÖRN ULVAEUS'
MA MIA!
HIT MUSICAL BASED ON THE SONGS OF ABBA
Winter Garden
THE BEST TIME ON BROADWAY!

브로드웨이는 세 지역으로 구분되는데, 상업적인 뮤지컬로 대표되는 브로드웨이, 예술성과 흥행성을 갖춘 작품들이 무대에 오르는 오프 브로드웨이, 예술성만을 추구하는 실험극들이 주로 오르는 오프 오프 브로드웨이다.

오프 브로드웨이와 브로드웨이는 제작 단가에서 큰 차이가 난다. 뮤지컬 제작의 경우는 특히 그 차이가 크다. 브로드웨이에서 뮤지컬을 제작하는 것은 오프에 비해 10배 가량의 비용이 더 들어간다. 그만큼 투자한 자본을 회수하지 못할 가능성이 높아지는 것이다.

제작자들은 수백만 달러가 드는 브로드웨이 극장에 공연을 바로 올리기보다 오프 규모의 극장에서 사전에 공연을 소규모로 올려 평가를 받고 나서 브로드웨이에 올릴 것인지를 결정하려 한다. 몇 단계로 오프극장들을 순례하면서 작품을 완성해가는 경향도 있고, 전국 순회공연을 다니면서 제작비를 마련한 후에 브로드웨이에 입성하는 경우도 있다.

제작비 단가의 상승보다 더 심각한 문제는 뮤지컬의 투자자본 회수율이 매우 낮다는 점이다. 미국의 유명한 쇼 비즈니스 잡지 〈Variety〉는 브로드웨이에서의 공연 기간에 투자 자본을 회수한 공연에 대해서는 'Hit', 회수에 실패한 공연에 대해서는 'Flop'이라는 표현을 써서 평가를 하는데 여기에서 발표한 브로드웨이 뮤지컬의 Flop 퍼센트 그래프를 보면 초기 투자자본 회수에 실패한 공연이 80%에 육박하고 있다.

이렇게 높은 실패율과 높은 제작비의 부담이 있는 브로드웨이 뮤지컬에 왜 여전히 사람들의 관심이 쏠리고 자본이 모여드는가는 흥미롭다. 해답은 뮤지컬 유명 상표로서의 브로드웨이의 명성에 있다. 향수는 프랑스의 〈샤넬〉, 자동차는 독일의 〈벤츠〉라는 식으로 브로드웨이는 이제 뮤지컬의 유명 상표가 되었다. 뉴욕을 방문하는 관광객들에게 브로드웨이 뮤지컬은 꼭 한 번 가서 구경해야 하는 세계적인 유명 상표이다.

실제로 뉴욕 방문객의 3분의 1 이상이 뮤지컬을 보기 위해 뉴욕을 방문한다. 영국의 웨스트앤드가 공연 편수나 다양성 등에서 브로드웨이를 앞선다. 하지만 웨스트엔드의 작품 또한 여전히 브로드웨이에서 공연을 올리고 인정받는 것을 중요하게 여긴다.

일단 브로드웨이에서 장기 공연에 성공하고 이에 따라 브로드웨이 상표를 달게 되면 미국이라는 거대한 내수시장과 세계 진출의 교두보를 확보한다는 이점을 가지게 되는 것이다. 뉴욕 브로드웨이가 런던에 비해 10배 가량의 제작비가 들지만 잠재적인 수익은 20배 가량 높다는 말은 바로 이런 브로드웨이 상표의 위력 덕분이다.

뮤지컬산업 협회인 브로드웨이리그에 따르면 2010년 브로드웨이의 입장료 판매수익은 10억 3700만 달러였다. 2008년 9억 8600만 달러, 2009년 10억 400만 달러 등으로 꾸준히 늘어나고 있다.

브로드웨이의 공연을 본 관객 중 62%는 관광객들이다. 관광객들은 뉴욕에 머무는 동안 '오페라의 유령', '라이온킹', '위키드' 처럼 롱런을 기록하고 있는 인기 뮤지컬을 주로 관람한다. 관광객 중에서 검증되지 않은 새로운 뮤지컬을 선택하는 사람은 드물다. 짧은 체류 기간 중에 뮤지컬에 쓰는 돈을 날리고 싶지 않은 전략적인 소비행태다. 나도 브로드웨이 뮤지컬을 거의 봤지만, '프리실라' 는 실패였다. 보다가 나왔다. 남자 게이들의 이상한 행태를 지루한 무대와 함께 끌어가는 뮤지컬을 반 이상 참고 보기가 힘들었다.

500석 이상 규모를 갖춘 브로드웨이 뮤지컬 극장 중에서 흥행작품을 장기 공연하는 곳은 절반도 안 된다. 인기를 끄는 작품들은 대부분 10년 이상 된 장기 공연물이다. 금융위기 이후로는 이렇다 할 새로운 뮤지컬이 나오지 않고 있는 것이 현실이다. '오페라의 유령', '맘마미아', '빌리 엘리어트'와 같이 장기 공연에 인기가 있는 작품은 대부분 런던의 웨스트엔드에서 로열티를 주고 사온 작품들이다.

런던의 웨스트엔드는 앤드루 로이드 웨버로 대표되는 음악 중심의 뮤지컬이라고 할 수 있다. 반면에 브로드웨이는 안무 중심으로 발전해 왔다. 그러다 보니 어느 순간부터 새로운 소재가 등장하지 않고 있다. 그래서 브로드웨이 사람들은 끊임없이 새로운 창작물을 내놓는 웨스트엔드에 콤플렉스를 느끼고 있다고도 한다.

영화 해리포터의 주인공 대니얼 래드클리프가 출연한 '노력하지 않고 사업에 성공하는 법(How To Succeed in Business Without Really Trying)'이 대표적 사례다. 휴 잭맨(휴 잭맨, 브로드웨이에 돌아오다), 주드 로(햄릿), 알 파치노(베니스의 상인) 등 할리우드 스타들을 내세우고 있다. 안전한 길을 통해서 위험을 줄이려는 것이다. 안전한 뮤지컬 비즈니스에는 '스타 캐스팅'과 '리바이벌'만한 것이 없다.

최근 우리나라에서 흥행에 성공한 영화 '맘마미아'도 일종의 리바이벌이다. 이런 뮤지컬을 '주크박스(Jukebox)'에 비유해 '주크박스 뮤지컬', '팝 뮤지컬'이라 한다. 창작음악이 아니라 인기 있는 '아바'의 음악을 뮤지컬의 곳

곳에 적절하게 배치하는 방식으로 만들었기 때문이다.

디즈니의 초대형 애니메이션 영화를 각색해서 뮤지컬로 만들어 무대에 올리는 경우도 많다. '미녀와 야수', '라이언 킹', '아이다' 등의 공연은 작품의 예술성보다는 풍성한 볼거리 위주의 스펙터클한 이미지를 관객에게 선사하는 공연이다. 브로드웨이 뮤지컬의 생명력을 잇고 있는 '지킬 앤 하이드' 같은 작품은 오프 브로드웨이가 만들어낸 작품이다.

브로드웨이, 03
오프 브로드웨이,
오프 오프 브로드웨이

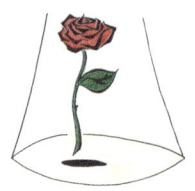

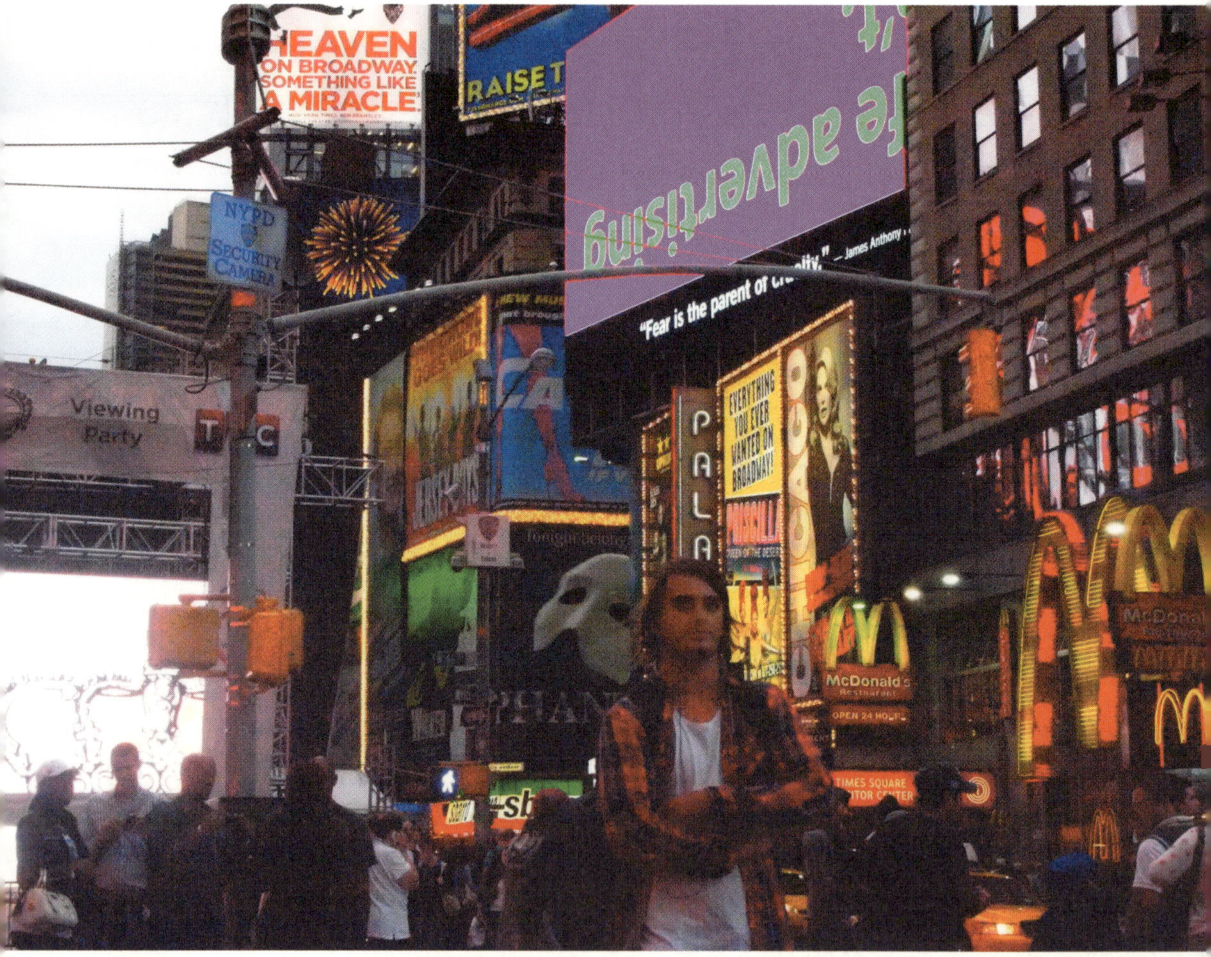

미국 뉴욕의 브로드웨이는 맨해튼을 가로지르는, 말 그대로 '큰길'이다. 브로드웨이를 브로드웨이답게 만드는 것은 극장과 뮤지컬들이다. 브로드웨이는 1900년에 42번가에 세워진 빅토리아 극장을 시초로 그 역사가 시작된다.

현재 타임 스퀘어를 중심으로 흩어져있는 극장은 40여개이고, 오프 브로드웨이 극장은 400개 정도 된다. 브로드웨이에서 늘 공연되고 있는 작품의 편수는 대략 200편 정도이다. 1년 내내 관람객이 끊이지 않는 성수기이지만, 특히 봄 시즌에는 매년 6월에 있는 토니상을 노리는 신작들이 쏟아진다.

브로드웨이 공연 중에서 가장 인기 있는 장르는 뮤지컬이다. 그 뒤를 코미디와 드라마가 따르고 있다. 보통 브로드웨이 뮤지컬의 입장료는 좋은 자리에서 관람하려면 100달러 정도의 입장료는 내야 한다. 히트 뮤지컬은 보통 예약이 밀려 있다. 그날 그날 남은 표를 사려면 타임 스퀘어에 있는 티켓매표소 tkts나 맨해튼 몇 군데의 다른 tkts를 이용하면 된다.

브로드웨이 뮤지컬은 한 번 흥행에 성공하면 제작자는 돈방석에 올라 않으며 배우들도 스타로서의 삶을 한껏 누리게 된다. 하지만 뮤지컬에서 흥행한 작품은 많지 않다. 장기 공연으로 흥행에 성공한 〈캐츠〉, 〈레 미제라블〉, 〈오페라의 유령〉 등은 모두 런던으로부터 건너온 작품들이다.

브로드웨이를 만드는 것은 극장뿐만 아니라 광고다. 건물 외벽에 설치된 대형 전광판 광고물이 맨해튼의 밤거리를 밝힌다.

뉴욕의 극장은 객석수와 어떤 류의 작품을 선보이느냐에 따라 브로드웨이, 오프 브로드웨이와 오프 오프 브로드웨이로 나누어진다. 브로드웨이는 300석

이상의 객석을 갖추고 상업적인 작품을 많이 선보이는 극장이다. 예술성과 흥행성을 갖춘 작품들이 무대에 오르는 100석에서 299석까지의 객석을 가진 극장은 오프 브로드웨이, 그 이하의 객석을 보유하고 예술성만을 추구하는 실험극들이 주로 오르는 극장은 오프 오프 브로드웨이이다.

오프나 오프 오프 브로드웨이에서 공연하는 작품의 수준이 브로드웨이보다 떨어지는 것은 아니다. 뮤지컬 〈코러스라인〉는 오프에서 시작에 브로드웨이를 대표할 뮤지컬로 성장해 10년 이상 장기공연으로 총 4,000회 이상을 공연, 롱런을 기록했다.

오프 브로드웨이에서 가장 인기를 끄는 것은 대사가 없는 행위연극, 즉 넌 버벌 퍼포먼스(Non Verbal Performance)이다. 탭댄스의 진수를 보여준 〈스텀프〉 등이 대표적인 넌 버벌 퍼포먼스 작품이다.

브로드웨이의 특징은 다양성이다. 다양한 형식의 작품들이 다양한 색깔로 변모하며 공존한다. 흥행에 따라서 운명도 달라진다. 한편의 작품으로 대박을 터뜨려 돈방석에 앉는 제작자와 스타가 나온다. 그런가 하면, 생맥주로 끼니를 때우는 가난한 배우가 공존하는 곳이기도 하다.

'오페라의 유령'은 뉴욕 브로드웨이에서 1만회 공연을 돌파했다. 2012년 2월 11일에 세운 기록이다. '오페라의 유령'은 프랑스의 추리작가 가스통 르루가 발표한 소설을 영국 작곡가 앤드루 L.웨버와 제작자 카메론 매킨토시가 뮤지컬로 만든 것으로 '레미제라블', '캣츠', '미스 사이공'과 함께 세계 4대 뮤지컬로 꼽힌다. 흉측한 외모의 천재 음악가와 아름다운 프리마돈나의 슬픈 러브스토리는 감동적이다.

1988년 1월 26일 브로드웨이에 상륙한 '오페라의 유령'이 1만 번째 공연 기록을 세웠다. 브로드웨이 버전의 제작비는 800만 달러지만, 수익은 100배 이상인 8억 4,500만 달러에 이른다.

'오페라의 유령'은 1986년 런던에서 첫 공연을 시작한 이래 25년간 뉴욕을 포함한 전 세계에서 56억 달러 이상을 벌었다. 이 작품은 브로드웨이의 새 역사를 썼다. 1988년에 뉴욕 브로드웨이에서 첫 공연을 할 당시, 뮤지컬극장 대부분은 비어 있었다. 하지만 그 이후에 지속적인 마케팅과 엄격한 품질 관리, 유연한 가격 정책 등을 통해서 20년 이상 흥행을 이어왔다.

이 작품에 투자해 대박을 터뜨린 투자자도 탄생했다. 프로듀서인 제임스 프레이드버그는 동료와 함께 1987년에 50만 달러를 투자했다. 당시 침체 상태에 있던 주식에 투자하는 것보다 수익률이 좋을 것으로 봤다. 그들은 이후 1,200만 달러를 벌었고, 지금도 공연할 때마다 10만 달러를 받고 있다. '오페라의 유령' 투자 수익률을 앞선 것은 애플 주식뿐이라는 말이 있다.

월 스트리트 저널의 보도에 따르면, 수많은 뉴욕 시민과 관광객들이 '오페라의 유령'을 봤지만 무대 뒤에서 애쓴 제작진 중에는 공연을 한 번도 못 본 경우가 있다고 한다. 보도에 따르면, 의상 담당자인 에르나 디아즈는 여주인공 크리스틴 역을 했던 여배우 33명의 옷을 제작했지만 직접 공연을 본 것은 단 한 차례뿐이었다. 크리스틴 역을 처음 맡았던 사라 브라이트만의 요청으로 1988년 관람한 게 처음이자 마지막이었다고 한다.

'오페라의 유령'은 20여 년간에 걸쳐서 계속되고 있다. 나는 이 공연을 세 번 보았다. 그리고 세 번 다 처음 볼 때 못지않은 감동을 느꼈다. 이 뮤지컬의 광고 문구는 이렇다. "Remember your first time?" 처음 봤을 때를 기억하냐며, 다시 보라는 것이다. 그만큼 자신 있다는 거다.

프랑스의 작가 가스통 노와의 원작 소설을 찰스 하트가 뮤지컬 극본으로 만들고 뮤지컬 음악의 귀재 앤드류 로이드 웨버가 작곡했다. 환상적이고 로맨틱한 작품이다. 무대는 오페라 극장이며 그 위에 기품 있고 화려한 오페라 공연이 극중극 형식으로 진행된다. 오페라의 유령은 음악뿐만 아니라 시각적으로도 많은 화제가 되었다. 대형 샹들리에를 포함해서 막대한 제작비를 들인 무대장치 덕분이다. 무대 위에 강이 흐르면서 별빛이 쏟아지는 듯한 연출은 최고다. 1988년 토니상에서 작품상을 비롯하여 주연남우상, 주연여우상, 연출상, 장치상, 조명상 등을 받았다.

미국에서 가장 긴 연속 상연 기록을 가지고 있는 작품은 뮤지컬 〈The Fantasticks〉이다. 뉴욕의 Off Broadway의 소극장에서 1960년 5월 3일 초연 이래 2002년 1월 13일에 종연 할 때까지의 42년간, 상연 회수 17,162회의 대기록을 만들었다.

뉴욕에서 뮤지컬을 보다 보면, 문화 산업이 곧 경제라는 걸 실감하게 된다. 이제는 컨텐츠의 시대다. 플랫폼이 너무나 다양해졌기 때문에, 그 속에서 볼 만한 컨텐츠가 없으면 외면 받는다. 하드웨어가 아니라 소프트웨어, 창의력으로 경쟁하는 시대다.

뮤지컬 '위키드'는 동화 '오즈의 마법사'를 재해석, 2003년 뮤지컬로 만들어져 브로드웨이에서 초연된 뒤 토니상 3개와 그래미 베스트 뮤지컬쇼 앨범상을 휩쓸며 판매 1위를 고수하고 있다. 또 런던 독일 일본 호주 등에서도 공연돼 전 세계적으로 20억 달러의 매출을 올렸다.

'위키드'의 장점은 탄탄한 스토리다. 작품은 기본적으로는 '오즈의 마법사'의 비하인드 스토리에 가깝다. 오즈의 마법사 등 등장인물은 비슷하다. 하지만 '소녀' 도로시가 아닌 '성인' 마녀의 입장에서 극을 전개한다는 점이 흥미롭다. '나쁜 마녀'는 사실 옳은 일에 힘을 쓰고자 했던 '숨은 영웅'이고, '착한 마녀'는 알고 보니 공주병 환자다. 두 사람이 처음 만나 우정을 쌓아가는 과정과 사랑, 엇갈린 운명이 숨 막히게 그려진다. 작품에서는 '진정한 선과 악은 어떤 것인지'에 대한 질문을 던진다. 뮤지컬은 '오즈의 마법사'를 성인의 시각에서 다시 한 번 재구성했다는데 의미가 있다.

화려한 무대 장치와 웅장한 음악도 대단하다. '위키드'의 주요 3대 세트를 포함한 프로덕션 규모는 컨테이너 24대 분량이라고 한다. 총 100여 명의 스태프가 세트를 작동하며, 공연이 진행되는 2시간 30여 분 동안 무려 594번이나 세트와 조명을 바꾼다.

미국의 브로드웨이와 영국의 웨스트엔드에서는 대부분의 연극과 뮤지컬 공연이 원칙적으로 롱런 공연이다. 우리나라에서는 대부분 몇 주에서 길어도 2~3개월 정도에 걸쳐 공연되는 한정 공연 (limited engagement) 방식을 취하고 있다. 뉴욕이나 런던은 연극이나 뮤지컬이 도시의 중요한 산업 축이 될 정도다.

하나의 작품에는 수많은 인재와 막대한 비용이 들어간다. 연극이나 뮤지컬은 한번 히트작을 만들어내면 오랜 기간 동안 안정된 수익이 보장된다. 그래서 투자 대상으로도 매력적인 상품이 되고 있다. 사실 엔터테인먼트 산업은 누구도 성공이나 내일을 기약할 수 없는 산업이다. 그래서 관련 리스크를 최대한 줄이는 것이 관건이다.

윈터 가든 극장에서 공연 중인 '맘마미아' 공연은 롱런 작품이다. 이 극장의 대표 뮤지컬인 '캣츠'는 19년 동안이나 롱런했다. 브로드웨이 역사상 최장 기록이었다. 브로드웨이 극장 뒤에는 브로드웨이를 움직이는 거대한 손들이 있다. '슈베르트' 사는 브로드웨이에 17개의 극장을 소유하고 있으며, '네덜란더' 사는 9개를 그리고 '쥬잠신' 사는 5군데의 극장을 소유하고 있다. 이 빅 3 극장주들은 브로드웨이 극장의 80%에 해당하는 극장을 소유하고 있다.

슈베르트 사는 1980년대 이후에 '오페라의 유령', '캣츠', '레미제라블', '미스 사이공'을 성공시켰다. 명실상부하게 브로드웨이 뮤지컬의 최대 제작사이다. 지난 40여 년간 슈베르트사는 차기 투자 작품에 대한 관객의 반응을 알기 위한 사전 점검, 혹은 팔릴 만한 작품을 헌팅하는 데 공을 들여왔다. 네덜란더사는 브로드웨이뿐 아니라 미국 전역과 런던에도 다수의 극장을 소유하고 있고 '렌트', '리버댄스', '무빙 아웃', '헤어스프레이', '흡혈귀의 춤', '속속들이 현대적인 밀리' 등의 화제작을 만들었다. 빅3 회사들은 브로드웨이를 들었다 놓았다 할 만한 파워를 가지고 있다. 이 회사들이 작품 선정에서부터 실질적인 극장관리에 이르기까지 영향력을 행사한다.

브로드웨이의 극장주들은 그 영향력을 바탕으로 해서 브로드웨이 극장가를 하나의 독립된 거대한 극장 상권으로 만들었다. 사실 뮤지컬 자체는 이윤 추구를 하기 때문에, 새롭고 실험적인 작품을 올리기는 쉽지 않다. 새로운 공연 예술은 '링컨센터'나 브룩클린의 'BAM' 등에서 보여준다. 이곳은 브로드웨이 극장과 달리 티켓수입이 전체 수익에서 최대 3분의 1 정도만 차지한다. 정부와 후원자들이 조성한 펀드로 운영된다.

빅3를 제외한 마이너 극장주들이 소유하고 있는 극장들도 있다. 극장은 한 개만 소유하고 있지만 원작 만화 컨텐츠를 바탕으로 작품을 만들고 있는 디즈니사의 뉴암스테르담 극장이 있다. 또, 극단으로서는 유일하게 극장을 보유한 라운드어바웃(Roundabout) 극단의 아메리칸 에어라인 극장도 있다. 링컨센터 극단의 비비안 버몬트 극장도 있다. 브로드웨이에서 대기업에 속하지 않은 개인 극장들은 몇 개 뿐이다. 해마다 열리는 토니상은 대부분 빅3 회사들이 가져가고 있다.

뮤지컬 제작회사들의 영향력은 크다. I ♥ New York 캠페인을 기안해서 뉴욕시가 주도하게끔 압력을 가한 것도 브로드웨이 극장주/프로듀서 연합회다. 특별 프로젝트팀을 만들어서 브로드웨이 극장가의 활성화를 도모하고 있다. 배우조합을 비롯, 각 노조들과 협상 테이블에 마주앉는 프로듀서/극장주

연합회(League of American Theaters and Producers)를 실질적으로 이끄는 것도 뮤지컬 제작 회사들이다.

99%의 청중이 조명을 의식하지 못하지만 100%의 청중은 그것에 의해 영향 받는다 (뮤지컬의 연주와 조명)

WINTER GARDEN
BENNY ANDERSSON & BJÖRN ULVAEUS'
MAMMA MIA!
THE SMASH HIT MUSICAL
BASED ON THE SONGS OF
ABBA

브로드웨이 뮤지컬에서 중요한 요소로 오케스트라와 조명이 있다. 오케스트라와 조명에도 변화가 일어나고 있다. 요즘은 뮤지컬 공연을 할 때 무대 앞 최고 자리를 오케스트라에 줄 수 없다며 '원격 연주'를 하는 경우가 확산되고 있다. 오케스트라가 CCTV를 보며 극장 밖에서 연주를 하기도 한다.

뉴욕타임즈의 보도에 따르면, 무대 바로 앞에서 배우들과 호흡을 맞춰온 브로드웨이 뮤지컬의 오케스트라 연주가 스파이더맨 같은 원격 방식으로 변해가고 있다.

뮤지컬 '스파이더맨'은 약 7,500만 달러(850억원)의 제작비가 투입된 대형 뮤지컬이다. 이 뮤지컬이 공연되는 폭스우즈 극장 지하엔 공연 때마다 10여 명의 오케스트라 멤버가 자리를 잡는다. 이들은 무대 배수관이 얽혀 있는, 창문 없는 작은 방 2개에 나뉘어 뮤지컬을 위한 라이브 곡을 연주한다. 지휘자인 킴벌리 그릭스비는 무대를 촬영하는 중계 화면을 보고 배우들의 움직임을 읽는다. 뮤지컬 '캐리'의 밴드 역시 공연이 열리는 1층 극장이 아닌 3층 골방에서 연주한다.

조명도 뮤지컬에서 너무나 중요한 부분이다. "99%의 청중이 조명을 의식하지 못하지만 100%의 청중은 그것에 의해 영향 받는다." 세계적으로 유명한 조명 디자이너 제니퍼 딥튼은 이렇게 말한 적이 있다. 무대 위 조명의 가치가 어느 정도로 중요한가를 표현한 말이다. 조명은 작품의 완성도를 결정하는 승부수다.

조명은 뮤지컬의 세계를 표현해낸다. 작품의 스토리텔러이고 마술 제작자다. 조명이라는 렌즈를 통해 청중은 극을 보고, 또 해석한다. 조명 조작을 통해 조명 디자이너는 그 연극이나 뮤지컬의 전반적인 시각적 맥락(visual context)을 제공한다. 조명 디자이너들은 종종 무의식 수준에서 역할하기도 한다. 좋은 조명이 항상 주목받는 것은 아니지만, 나쁜 조명은 작품을 심각하게 훼손할 수 있다. 조명은 청중이 무엇을 보는지, 그것을 어떻게 보는지에 대해 무의식적인 단서를 제공하고 지각에 영향을 미친다. 만약 조명의 스타일이나 관점이 작품과 맞아떨어지지 않을 경우, 그 공연은 관객이 보기에 불편해진다.

조명은 어떻게 조작되느냐에 따라 추상적이거나 실제적인 형상으로 존재할 수 있다. 브로드웨이 조명은 복잡하고 다층적으로 변해왔다. 조명 디자이너들은 더 많은 역할과 영향력을 요구받는다. 이와 함께 브로드웨이의 경제는 조명 디자이너들에 더 적은 시간을 허락한다. 큰 쇼일수록 로드인(Load-In)과 테크니컬 리허설에 훨씬 더 적은 시간이 주어진다. 조명 전문가들이 프로듀서, 매니저들과 협상하면서 가장 경제적인 디자인을 창조해내는 일은 힘들다.

극장 조명 디자인 산업은 크진 않지만 전체 조명 산업에서 중요한 부분을 차지한다. 미국의 건축 조명 디자인, 제조와 설치 산업은 수십억 달러 규모의 산업이다. 건축 조명 세계에서 상당수 프로젝트는 신선하고 독창적인 접근을 위해 또는 독특한 개성을 가진 건축 환경을 만들기 위해 극장 조명 기술을 사용한다. 많은 건축 조명 디자이너들이 극장 조명 세계에서 일을 시작하기 때문에 이 두 분야는 유사점이 많다.

죽을 힘을 다해서 노래하면, 07
관객도 죽을 힘을 다해서 들어줍니다
(소리꾼 장사익의 링컨센터 공연)

장사익 선생은 우리나라의 소리와 색깔을 가장 한국답게 내는 소리꾼이다. "중국 노래를 들으면 왠지 짜장면 냄새가 나지 않습니까? 인도 노래를 들으면 카레 냄새, 일본 노래를 들으면 단무지 냄새가 납니다. 가사를 몰라도 그렇죠. 제 노래를 들으면 왠지 된장 고추장 냄새가 날 겁니다. 그래서 외국인들도 좋아하는 걸 겁니다."

그는 2007년에 미국 4개 도시에서 순회공연을 했다. 티켓은 다 매진되었다. 그리고 2010년 오사카 공연에서도 1,500석 규모의 NHK홀이 다 매진되었다. 우리말 가사를 몰라도, 장사익의 노래에서 느껴지는 진한 된장 고추장 냄새는 외국 사람들을 사로잡는다. 뭔지는 모르겠지만, 영혼에서 나오는 감성의 절규를 외국인들도 온 몸으로 느낄 수 있기 때문이다.

장사익 선생님을 만나 인터뷰한 적이 있다. 그 분의 노래는 어디서 나오는지, 노래하실 때 어떤 마음이신지 궁금해서 여쭤보았다. "저는 노래 부를 때 무아지경에 빠집니다. 내가 그리는 세계를 보면서 노래합니다. 관객은 하나도 안 보입니다. 관객을 보는 순간 가사를 잊어버립니다. 관객이 3천명이면, 그 3천명과 나 하나가 합일이 됩니다. 3,000+1=1인 거죠. 내가 노래로 살짝 잡아당기는데 3천명이 따라오는 걸 느낍니다. 그래서 3,001명이 하나가 되는 걸 몸으로 느끼는 겁니다. 만약 노래하는 사람이 잡아당기는데 그 3천명이 안 온다? 그러면 무대에 선 사람 몸이 3천개로 분해가 되어 버리는 겁니다. 전혀 공감을 못 얻는 거죠. 관객의 간절한 기대가 뭔지, 바램이 뭔지, 그걸 알고 그 '기'를 모아야 끝까지 갈 수 있습니다. 저는 죽을 힘을 다해서 노래합니다. 그러면 관객들도 죽을 힘을 다해서 들어줍니다. 노래하고는 다른 이야기지만,

정부 정책도 '가자' 하고 나서면 국민들이 딸려 와야 됩니다. 하나로 묶어주는 마음의 기운이 있어야죠. '기'가 모여야 같이 갑니다."

그의 노래를 듣는 관객들은 하나가 된다. 국악이나 창을 좋아하고 안 하고는 전혀 관계가 없다. 장사익은 유행가도 영혼의 창처럼 부른다. 그래서 그의 노래는 노래방에서 따라 부를 수가 없다.

"사람이 '좋아 한다' 이야기를 안 해도 좋아하는 줄을 알지 않습니까? 빨간 노래는 빨갛게 불러야 됩니다. 노란 노래는 누르스름하게 들려야죠. 슬픈 노래는 가사를 못 알아들어도 슬프게 느껴져야 되는 겁니다." 그래서 그의 공연은 외국에서 이방인의 영혼도 잡아끈다.

뉴욕의 링컨센터에서 처음 공연을 할 때는 서러움을 겪었다고 한다. 링컨센터를 빌리기는 했는데, 그 곳의 음향기사나 스탭들이 영 무시하더라는 거다. 장비도 거의 만지지 못 하게 하고, 마이크도 제대로 설치해 주지 않았다. 해금, 기타, 피아노, 베이스, 북, 아카펠라 그룹, 이런 모든 공연자들에게 하나씩 마이크를 세워야 하는데, 장사익 선생 앞에만 마이크 하나를 세우더란다. 다른 백그라운드 소리에 마이크를 다 갖다 대면 주인공 노래가 죽는다며 마이크를 안 세워줬다. 장사익 선생의 노래를 못 들어보면 그런 말을 할 법도 하다. 그래서 무조건 알아서 하겠다며 마이크를 다 세웠다.

그날 저녁, 링컨센터를 꽉 채운 관객들은 환호와 감격의 기립박수를 보냈고, 공연은 대성공이었다. 공연이 끝나자 링컨센터 측에서 찾아와서 정식으로 사과를 했다. 그리고 다시 한 번 정식으로 링컨센터에 초청해서 공연을 하겠다고 약속했고, 그 약속은 현실이 되었다.

그는 고집스러운 예술가다. 자신의 노래를 들으려고 돈 내고 온 관객 앞에서만 노래한다. 돈 내고 온 관객들은 뭔가 찾으려고 온 사람들이다. 그래서 그들을 소중히 여긴다. 기업에서 와서 노래해 달라고 요청이 들어와도 가지 않는다. 개인을 위해서 노래하는 것이 자신의 일은 아니라고 생각하기 때문이다. 대중 가수 중에는 나훈아씨가 개인 잔치에 가서 노래 부르지 않는 것으로 유명하다. 아무리 돈을 많이 줘도, 개인 잔치에 가서 노래를 부르지 않는다. 그렇게 자존심을 지키는 예술가들이 있기는 하다.

　그의 노래에는 작사가 뒤에 '장사익 엮음' 이라는 문구가 눈에 띈다. '작곡'이 아니라 '엮음' 이다. 그는 시를 읽을 때 낭송을 한다. 그리고 감동적인 시를 수없이 낭송하다 보면 자연스럽게 노래가 된다. 그래서 '엮음' 이다. 노래는 우선 노랫말이 좋아야 된다고 말한다. 노랫말이 좋은 노래는 계속 들어도 질리지 않는다. 노랫말이 안 되면 노래가 아니다. 그래서 노랫말이 형편없는 요즘 노래를 노래로 치지 않는다. "대꽃이 100년 만에 피고"라는 싯구가 있었다. 그는 이 싯구를 낭송하면서, 대나무꽃은 100년에 한번 피는데 사람이 평생 살며 어떤 꽃을 피우게 될까 생각했다. 그러다가 또 노래 하나를 만들었다. 이런 식으로 노래를 만든다.

　"공연은 다 쏟아 붓는 겁니다. 신나게 원 없이 털어내는 거죠. 밧데리를 다 방전시키는 것과 같습니다. 그리고 나서 다시 채웁니다. 공연은 즐기는 거죠. 즐기지 못 할 때 생명력이 죽어요. 돈만 생각하면 죽습니다. 여기저기 밤무대 다니며 돈벌이로 노래하면 에너지가 다 사라집니다."

나는 얼마나 젊게 살고 있을까? 젊음 나이 (Youth Quotient: YQ)는 어느 정도일까? 현대백화점이 공개한 '젊음지수 진단법'이 재미있다. 실제 나이보다 얼마만큼 젊게 살고 있는지를 판단해볼 수 있는 YQ(Youth Quotient) 일명 젊음지수 진단이다. IQ, EQ처럼 자신의 심리와 행동을 평가해 실제 나이보다 얼마나 젊게 살고 있는지를 판단하는 기준을 만든 것이다. 남·여 각각 13개 문항으로 구성된 젊음지수 진단표를 통해 해당 항목을 체크한 후 점수를 합산, 실제 나이보다 얼마나 젊게 사는지를 판단할 수 있도록 했다.

평가방식은 13개 항목 중 자신에게 해당하는 항목을 체크한 후 점수를 합산하면 된다. 남녀 각 13개 문항의 총 점수를 합해 '-' 값이 나온다면 실제 나이보다 젊게 살고 있다는 의미이며, '+' 값은 실제 나이보다 더 나이 들게 살고 있다는 의미다.

남성 진단표

- 부쩍 적어진 머리숱이 자녀 교육보다 더 큰 걱정이다. +1점

- 올해도 금연에 실패해 가족에게 잔소리를 듣고 있다. +2점

- 트위터나 미투데이 같은 소셜 미디어로 동료, 지인들과 소통한다. −1점

- 매년 건강검진도 받고 비타민도 꼭 챙겨먹는다. −2점

- 옷차림에 신경 쓰는 친구나 동료들이 카사노바처럼 느껴진다. +3점

- 최근 가장 크게 웃어본 것은 〈개그콘서트〉를 봤을 때밖에 없다. +1점

- 집 안에 나만의 공간을 꾸며두고 가끔 혼자만의 시간을 갖는다. −1점

- 아내와 함께 콘서트에 간 게 언제였는지 가물가물하다. +1점

- 어느덧 나의 옷 치수를 파악하지 못하게 되었다. 특히 허리사이즈! +2점

- 직장인 밴드나 할리데이비슨 동호회 등 독특한 취미활동을 즐긴다. −2점

- 〈추노〉를 보면 장혁 같은 식스팩을 만들고 싶다는 욕심이 생긴다. −2점

- 지금도 청바지가 잘 어울린다는 소리를 듣는다. −1점

- 남성전용 화장품을 사용하며 특별히 좋아하는 향수가
  있다. −1점

여성 진단표

- 가장 자주하는 운동은 '숨쉬기 운동'이다. +2점

- 옷을 고를 때 허리가 고무줄로 된 바지나 치마를 우선적으로 선택한다. +2점

- 통장 비밀번호나 인터넷 포털의 패스워드를 계속 까먹는다. +1점

- 에코백이나 머그잔 등 친환경 아이템을 실생활에서 활용한다. −2점

- 2PM과 2AM의 멤버를 구분할 수 있다. −2점

- 옷장을 열어보면 착시효과가 있는 블랙컬러 일색이다. +1점

- 자신감을 얻기 위해 피부과 시술과 안티에이징 화장품에 투자할 수 있다. −1점

- 문화센터에서 트렌디한 강좌를 듣는 것이 즐겁다. −1점

- 어느덧 나도 엄마가 하던 파마머리를 하고 있다. +3점

- 밸리댄스나 요가 등 몸을 움직이는 취미를 하나 이상 갖고 있다. −1점

- 요즘 뭘해도 심드렁하고 움직이고 싶은 의욕도 없다. +1점

- 최근 남편과 단 둘이 영화 〈아바타〉를 3D로 감상했다. −1점

- 10cm 이상의 킬힐에 도전할 수 있다. −2점

Part 3

뉴욕, 그리고
컨텐츠 산업

01 미디어 해적들의 시대 (컨텐츠가 왕이다)

02 꿈의 사회에서는 상품에 든 꿈을 사고 판다

03 끝없는 상상력과 창의력

04 창의성은 재미에서 나온다

05 세상에 없던, 세상이 기다리던 컨텐츠

06 컨텐츠 산업?
   50~60대 아저씨 작가가 많이 나와야 한다

07 문화 산업에 우리 것 프리미엄은 없다

08 세 종류의 사람

09 오늘 있지만 내일 없는 것

지금은 수백 개의 방송 채널들이 있고 수많은 신문들이 있고 무가지도 넘쳐난다. 이렇게 많은 미디어가 넘쳐나고 있을 때는 플랫폼보다 컨텐츠가 중요하다. 미디어의 종류가 많아질수록 역설적이게도 핵심은 컨텐츠인 것이다. 예전에는 별 신통한 컨텐츠가 없어도 어느 미디어에 소속돼 있는지에 따라 영향력을 발휘할 수 있었다. 자신의 컨텐츠가 아니라 어느 방송사, 어느 신문사 소속인가에 따라서 영향력이 있었다. 하지만 지금은 대형 방송사, 신문사 기자의 기사라도 컨텐츠가 빈약하면 사람들이 관심을 가지지 않는다. 방송사 PD라고 다 파워가 있는 것이 아니라, 컨텐츠 있는 PD가 오래 간다. 메이저 신문사라고 해도 기사의 컨텐츠가 빈약하면 독자들은 기사를 클릭하지 않는다. 지금 주목 받는 사람은 컨텐츠가 있는 사람이다.

그렇기 때문에 지금은 '미디어 해적' 들의 시대라는 말이 나온다. 예전에는 큰 조직을 가지고 있는 '미디어 해군' 들의 시대였다면 이제는 조직이 없더라도 흡인력 있는 컨텐츠를 가진 '미디어 해적' 들의 시대라는 것이다. 주류 언론이 아니라 컨텐츠 생산자가 주목 받는 시대다. 이제 결국은 컨텐츠의 시대다.

아이디어가 먼저 있고, 그 다음에 미디어는 따라오게 된다. 급변하는 미디어 시대에 주목해야 하는 것은 새로운 미디어 플랫폼 자체가 아니라 컨텐츠이다. 아무리 방송 채널이 많아져도, 아무리 신문, 잡지가 넘쳐 나도 새로운 아이디어, 눈에 띄는 컨텐츠가 없으면 보지 않는다. 기존의 미디어는 날이 갈수록 소셜 네트워크 등 새로운 미디어의 등장과 맞물려 예전만큼 강력한 파급력을 지니지 못 한다. 이런 가운데 결국 살아남는 방법은 '컨텐츠' 에서 답을 찾는 것이다.

"정보사회(Information society) 다음은 꿈의 사회(Dream society)이며 이미 시작되었다. 꿈의 사회에서는 상품을 사고 파는 것이 아니라 상품에 든 꿈을 사고 팔게 된다. 꿈은 이야기이고 문화다." 코펜하겐 미래학 연구소장인 롤프 얀센의 말이다. 미래학자들은 앞으로 우리가 살아가는 환경이 '정보 사회' 에서 '꿈의 사회' 로 변할 것이라고 예측한다. 단순히 많은 정보가 아니라, 그 정보에 감성적인 의미를 부여하고 꿈을 불어넣는 사회가 될 것이라는 예측이다.

제품도 마찬가지다. 어떤 상품이 제품으로서만 가치를 가지는 것이 아니라, 소비자가 그 상품에 의미를 부여하고 자신의 꿈을 투영할 때 브랜드로 성장할 수 있다. 스타벅스 커피가 비싼 값에도 불구하고 호황을 누리는 것은, 커피 한 잔이라는 제품에 감성적인 라이프 스타일이라는 의미를 불어넣었기 때문이다. 스타벅스의 하워드슐츠 회장은 스스로 "스타벅스는 커피를 파는 기업이 아니라 한잔의 이미지(문화)를 파는 기업"이라고 말한다.

커피 원두가 자루에 들어있을 때의 가격과, 자판기에서의 가격과, 스타벅스 가게에서 창밖을 보며 컴퓨터를 두드리면서 마실 때의 가격이 다른 것은 제품의 의미에 따른 부가가치가 다르기 때문이다. 점심으로 3천원짜리 라면을 먹고서 5천원짜리 커피를 마시는 젊은이들을 보면서, 절약 안 한다고 혀를 찰 일은 결코 아니다. 오히려 제품에 감성을 불어넣어 새로운 라이프 스타일을 만들어낸 그 회사의 감성적인 창조력에 감탄할 일이다.

스타벅스를 대표선수로 커피업계는 커피 한 잔에 5천원까지 받는 감성 마케팅에 성공했다. 점심은 라면을 먹어도 커피는 5천원짜리 스타벅스를 마시고 싶은 마음이 생기게 만들었다. 과거에는 신문 한 부 값으로 커피 한 잔을 사 마실 수 있었다. 요즘은 신문 한 부 값으로 스타벅스는 고사하고 일반 커피도 한 잔 먹는 것이 어렵다. 그런데 신문은 한 부 5백원에도 잘 팔리지 않는다. 커 피업계는 커피값을 올려 받을 수 있는 방법을 생각해냈는데 신문업계는 그러 지 못한 데 원인이 있다. 위기를 논할 만큼 위축되고 있는 것이 사실이다.

미키 마우스는 어떤가? 미키 마우스는 상상 속에 등장하는 한 마리의 쥐일 뿐이다. 그런데 이 쥐에 '상상력'을 불러 넣어서 의미를 창조했다. 그리고 그 쥐는 단순한 쥐가 아니라 전 세계에 꿈을 심어주는 아이콘이 되었다. 물론 천 문학적인 액수의 돈도 벌어들였다. 코카콜라의 경우도 커뮤니케이션 전략은 소비자의 감성에 호소하는 것이다. 제품의 특징은 변화가 없다. 제품을 팔더 라도 커뮤니케이션을 통해서 소비자와 감동의 공감대를 형성해야 소비자들이 브랜드와 사랑에 빠진다. 메시지를 통해서 감동을 만들어 내어야 오래 지속되 는 커뮤니케이션이 가능하다.

제품만 잘 만들어서 파는 것은 제품으로 끝난다. 여기서 한 걸음 나아가서 제품에 의미를 불어넣어서 소비자들의 감성을 일깨워야 성공한다. 이렇게 감 성을 일깨우는 의미를 부여하는 것은 커뮤니케이션을 통해서 가능하다. 앞으 로는 제품의 생산뿐만 아니라 제품에 '의미'를 부여하는 작업이 더 중요해진 다. 감동을 불러일으키는 '의미'가 없는 제품은 경쟁시장에서 살아남기 힘들 다. 우리는 점점 '정보의 사회'를 지나서 '꿈'을 추구하는 시대로 가고 있기 때문이다.

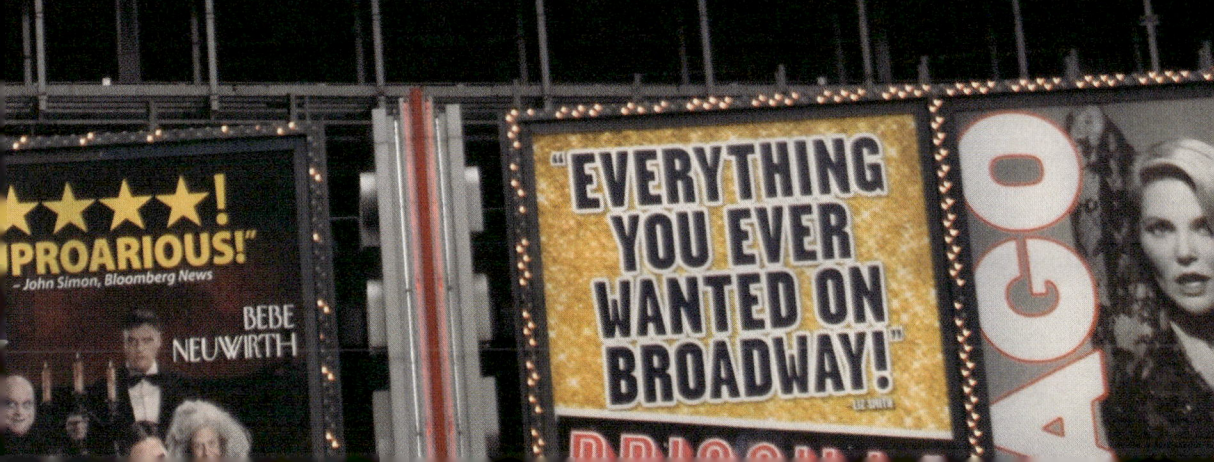

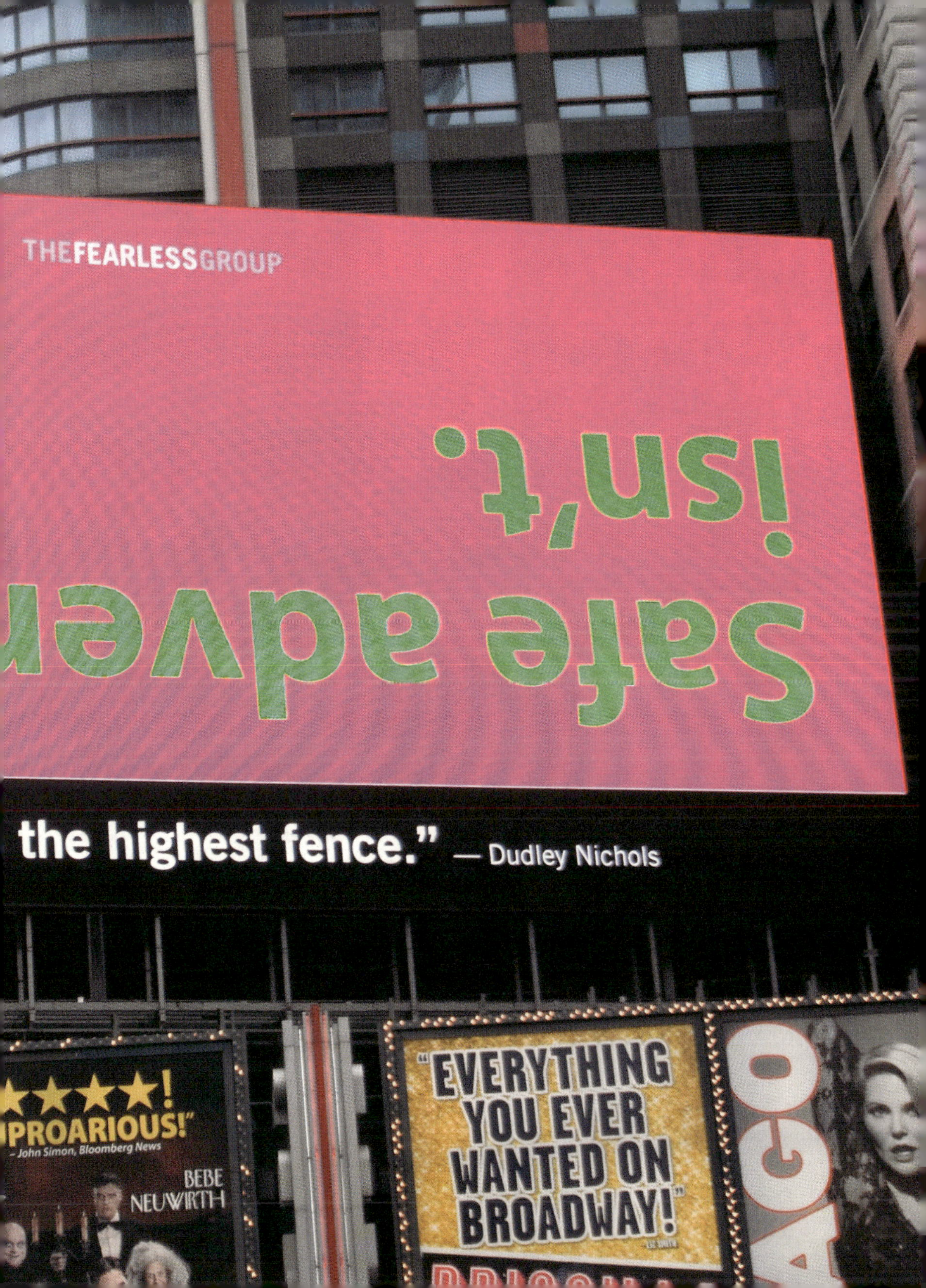
THEFEARLESSGROUP
Safe adver
isn't.
the highest fence." — Dudley Nichols
★★★★!
PROARIOUS!"
– John Simon, Bloomberg News
BEBE
NEUWIRTH
"EVERYTHING
YOU EVER
WANTED ON
BROADWAY!"

　단순히 제품을 파는 것이 아니라 감성적인 의미를 함께 판다는 점에서 상품과 문화를 묶어서 '문화융합상품(Culduct)'이라는 새로운 용어도 나왔다. 문화적인 의미를 부여하지 못 하는 제품은 그냥 하나의 제품일 뿐이다. 제품이 상징적인 브랜드로 살아나기 위해서는 소비자들과 공감대를 형성하는 의미가 들어있어야 한다.

　커뮤니케이션의 핵심은 메시지를 감동적으로 전달하는 것이다. 어느 브랜드가 소비자의 기억 속에 남는다는 것은 기억의 이성적인 부분에만 존재하는 것이 아니라 감성적인 부분에도 남는 것이다. 더 많은 소비자들이 브랜드를 사랑할수록 브랜드의 가치는 더 높아진다. 브랜드에 대한 감성의 대가로 소비자는 프리미엄 가격을 기꺼이 지불한다. 브랜드에 감성을 집어넣지 못하고 오직 제품만 만들어낸다면 소비자는 그 제품에 대한 가격만 지불한다.

　문화를 파는 것이 미래의 키워드다. 문화를 감성코드로 이해하고, 상품을 잘 만드는 데서 그치지 않고 상품에 꿈까지 담아서 파는 것이 경쟁력이다. 어떤 분야에서건 마찬가지다. 영화산업만 문화가 아니다. 모든 산업이 문화산업이다. 문화는 미래의 성공키워드다. 꿈과 의미를 불어넣어야 한다.

끝없는 03
상상력과 창의력

'백조의 호수' 하면 생각나는 것은 연약하고 아름다운 백조들의 모습이다. 깡마른 무용수들이 발끝으로 사뿐사뿐 걸으면서 부러질 듯 가는 팔을 뻗는 장면이 떠오른다. 이것은 차이코프스키의 백조들이다. 1877년에 러시아 볼쇼이 극장에서 초연된 '백조의 호수'는 아름다운 백조와 흑조로 상징된다. 백조들이 춤추는 장면의 추상성은 아름다운 이미지 그 자체이다.

그런데 이런 백조가 힘과 카리스마를 가지고 다가온다. 연약한 발레리나 백조가 아니다. 깃털 달린 바지를 입은 남성 백조들이다. 공격적으로 춤을 추고 맹렬한 점프를 한다. 백조에게는 연약한 힘만 있는 것이 아니다. 연약한 백조의 모습은 우리 머리 속에 들어있는 이미지일 뿐이다. 백조도 자기 새끼를 보호하기 위해서는 난폭하게 낚시배를 공격하기도 한다. 백조들이 가지는 이런 폭력적인 천성까지 과감하게 보여주는 것이 매튜 본의 '백조의 호수'다.

매튜 본은 차이코프스키가 만들어낸 백조에 새로운 생명력을 불어넣었다. 늘 같은 모습의 백조들은 박물관에 보존될 것 같았는데, 이 고전적인 발레에 과감하고 극적인 휴먼스토리를 덧입혔다. 그리고 곡에 따라서 춤을 추는 것이 아니라 자연스럽게 춤추고 싶어지는 댄스 뮤지컬을 만들어 냈다. 백조를 생동감과 자유로움으로 새롭게 부활시켰다. 거만하고 독선적인 발레가 아니라, 놀라움을 안겨주는 무한한 상상력으로 뭉친 댄스 뮤지컬이다.

매튜 본의 백조들은 10년 동안 공연을 하면서 전회 매진이라는 놀라운 흥행기록을 세웠다. 10년 동안 30여개의 국제적인 상을 받고, 토니상 최고 연출가상과 최고 안무가 상을 받았다. 이렇게 대중성과 예술성을 한 손에 거머쥘 수 있게 한 것은 끝 모르는 창의력과 상상력이었다. 숨 막힐 정도로 감동적인

the state
itself
becomes
a super
whatno

남성 백조들은 차이코프스키에게도 새로운 관객을 가져다주었다.

　문화 산업은 경쟁력이다. 그리고 그 경쟁력의 핵심은 창의력이다. 앞으로는 점점 더 창의력의 게임으로 산업이 재편될 수밖에 없다. 볼만한 컨텐츠를 찾아 헤매는 사람들에게 제대로 된 볼거리를 제공하기 위해서는 어설픈 아마추어 정신 가지고는 안 된다. 높아질 대로 높아진 사람들의 눈높이에 맞아야 하고, 그들의 눈과 가슴을 붙들어 매놓을 만한 강렬한 영감이 필요하다.

　미디어가 날로 다양해지고, 볼거리나 공연도 가짓수는 수없이 많다. 하지만 뜨거운 가슴으로 우리를 열광하게 만드는 볼거리는 많지 않다. 손에 들고 다니는 휴대폰으로 미디어를 즐길 수 있지만, 문제는 창의력이다. 볼만한 컨텐츠가 지상파 프로그램 몇 개나 외국에서 들여온 명품 발레 밖에 없다면, 미래의 문화 산업에서 경쟁력이 없다. 기술도 중요하지만, 그 속을 채우는 소프트웨어의 창의력이 관건이다. 끝없는 상상력과 창의력만이 해답이다.

　고정관념을 넘어서서 새로운 창조를 해낼 수 있는 힘은 문화 산업의 원동력이다. 우리말에서 '아니면 말고' 라는 단어는 상당히 부정적인 의미로 쓰인다. 하지만 창의력의 세계에서는 '아니면 말고' 의 정신도 필요하다. 새로운 것에 끊임없이 도전해 보고, 그 도전의 결과가 그리 좋지 않으면 과감하게 내던지고 다른 방식을 찾아볼 수도 있다. 창의력에는 한계가 없다. 익숙한 것을 새롭게 보는 눈이다. 구태의연한 것을 새롭게 해석해 내는 영감이다. 그런 창의력만이 문화 산업의 해답이다.

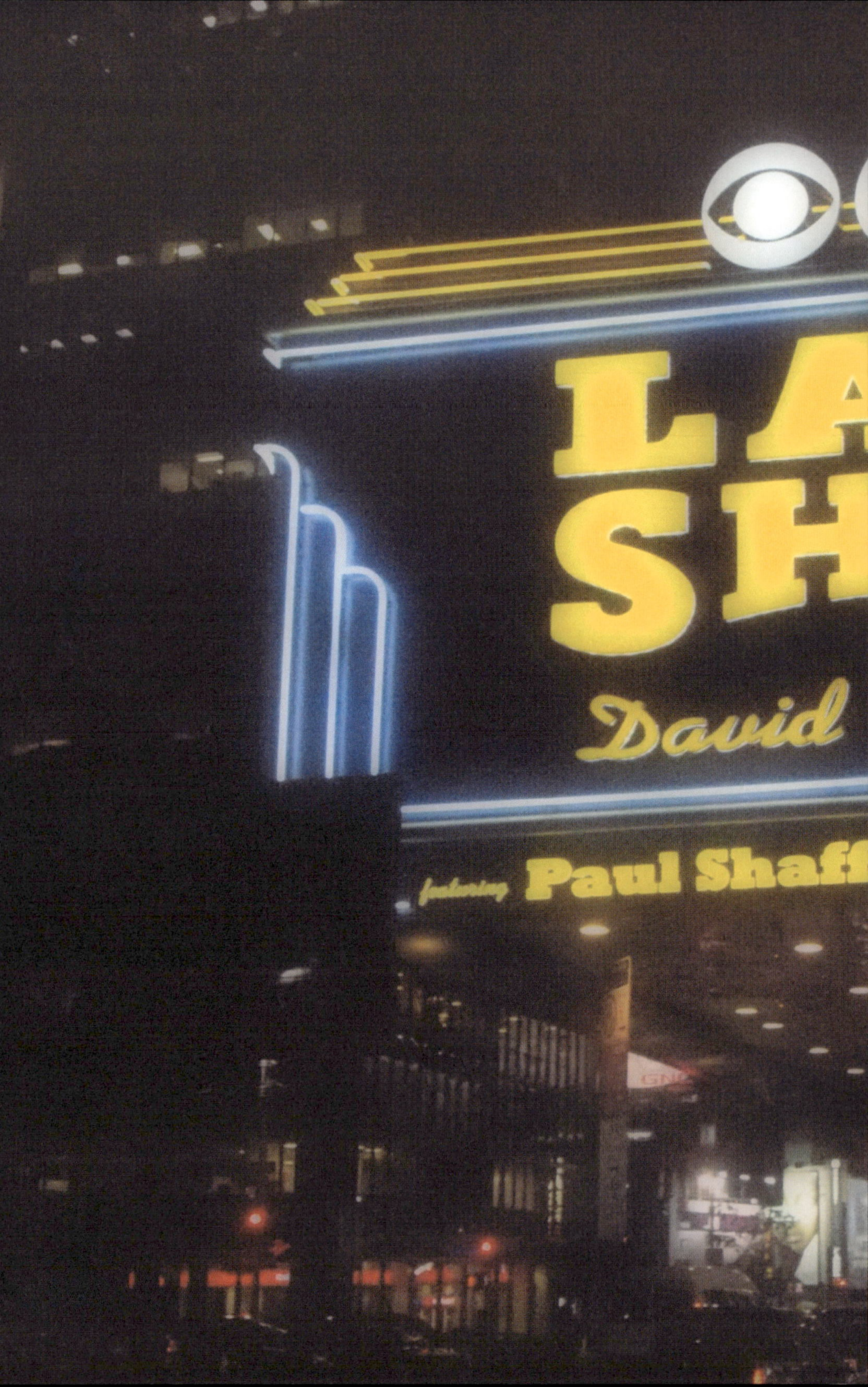
David
Paul

창의성은 재미에서 나온다. 재미도 창의성에서 나온다. 즐거움에도 창의성이 필요하다. 똑같은 일을 하더라도 재미있게 하는 게 좋다. 재미있게 번득이는 창의성은 사람들이 알아본다. 프로그램을 만들 때, 하늘 아래 새로운 소재는 별로 없다. 문제는 소재를 어떻게 다루느냐다. 소재를 다루는 방식에 따라서 '그 밥에 그 나물'인 프로그램이 나오기도 하고, "어떻게 이런 깜찍한 생각을?"이라고 할 만한 프로그램이 나오기도 한다. 창의성이 빈득이는, 재미있는 프로그램을 더 보고 싶다.

미국에 '암트랙(Amtrak)'이라는 철도회사가 있다. 이 회사는 초기에 회사의 목표를 이렇게 세웠다. "우리는 세계 최고의 철도회사가 되겠다." 그래서 이 회사는 기차산업의 경쟁자가 되는 항공산업이 커가는 것을 경계했다. 경계한 나머지, 공항까지 연결되는 철도를 놓는 것을 거부하기도 했다. 지금 이 회사는 교통수단 중에서 극히 일부만 차지하는 작은 회사가 되어있다.

처음부터 이 회사가 자신을 '철도회사'로 규정하지 않고, '교통'으로 규정했다면 달랐을 것이다. 만일 이 회사의 목표가 다음과 같았으면 어땠을까? "우리는 승객과 그들의 짐은 목적지까지 안전하게 운반하는 최고의 회사가 되겠다" 그랬다면 이 회사는 항공산업이나 자동차산업에 대해서 경계하지 않고, 윈윈 전략을 구사하건 그 분야에 진출하건 보다 적극적인 모습으로 확장해 나갔을 것이다.

지금 신문이나 방송도 비슷하다. 신문사의 목표가 "최고의 신문사가 되겠다"라면 경쟁자는 다른 신문사들이다. 하지만 신문사의 목표를 이렇게 정했다면 이야기가 달라진다. "우리는 뉴스와 정보를 가장 빠르고 신속하게 심층적으로 소비자들에게 전달한다" 이런 목표라면 인터넷이건 다른 어떤 뉴미디어건 상관없이 보다 적극적으로 확장할 수 있었을 것이다. 인터넷이 경쟁상대가 아니라, '뉴스와 정보를 가장 빠르고 신속하게 심층적으로' 전달하는 도구가 될 수 있었을 것이다. 지금 미디어산업은 융합이 대세다. 한 광고의 문구처럼, '세상에 없던, 세상이 기다리던' 서비스와 컨텐츠가 필요하다.

1206

VAN HELSING

176

E.T.
THE EXTRA-TERRESTRIAL

067

1259

BATTLESTAR GALACTICA

Syfy

1222

1238

574

1201

컨텐츠 산업? 06 50~60대 아저씨 작가가 많이 나와야 한다

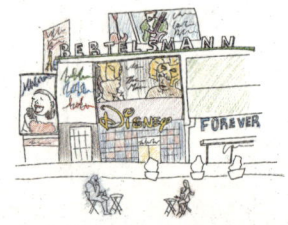

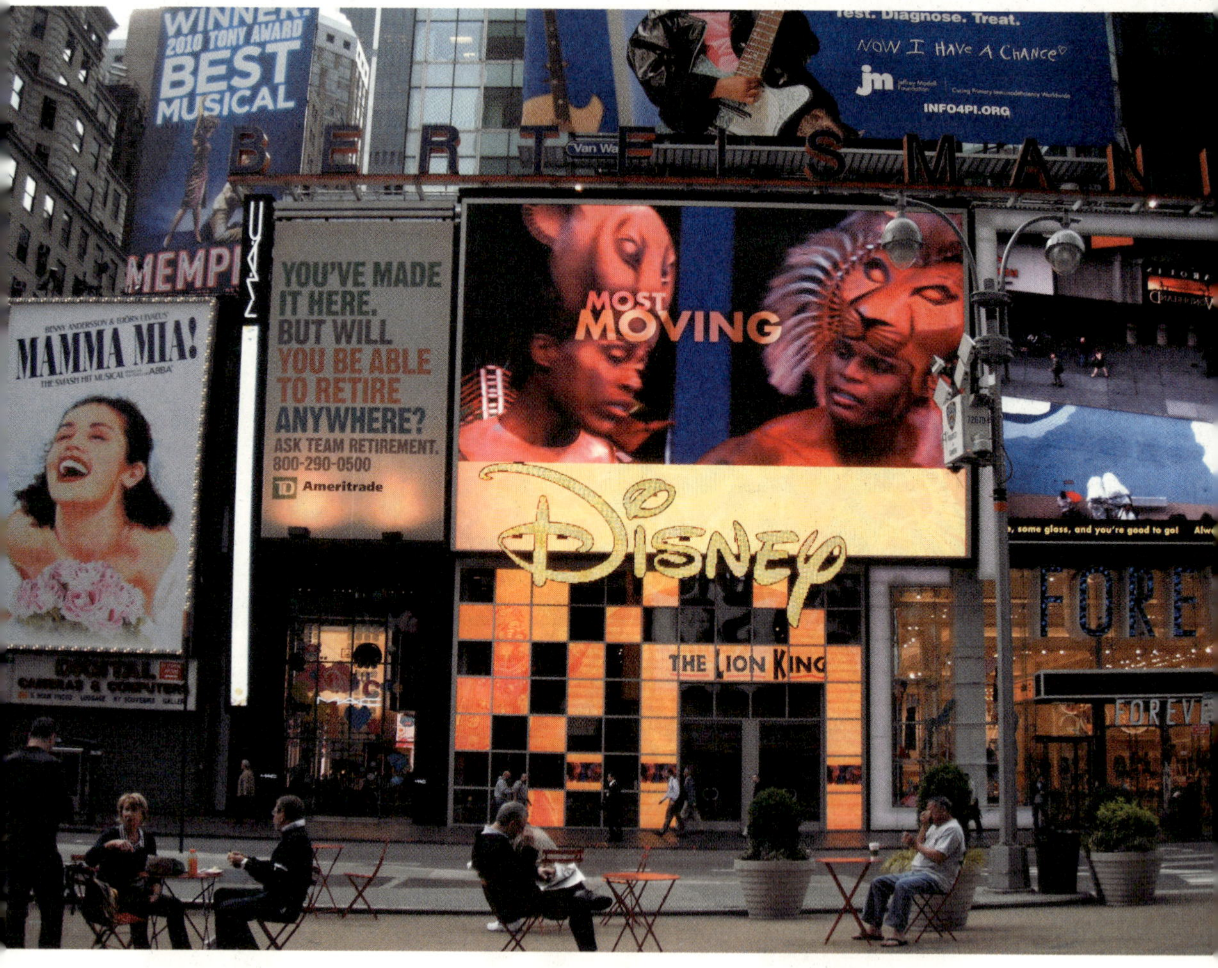

예전에 간장을 만드는 회사에서 간장 시장을 석권하자 브랜드 확장을 위해서 같은 이름을 딴 커피를 출시한 적이 있다. 결과는 대실패였다. 간장으로 이름난 그 브랜드 이름에 '커피'라는 단어를 붙이자 그 커피는 순식간에 너무나 짠 맛이 날 것처럼 느껴졌기 때문이다. 브랜드 확장이 필요하기는 하지만, 전략적으로 철저히 검증되지 않은 브랜드 확장은 기존 브랜드의 명성을 해칠 수 있다. 문화 상품도 예외는 아니다. 일관된 정체성과 질을 가지고 쌓아올린 문화 상품의 브랜드를 지킨다는 것은 전략이 필요한 일이다.

문화 상품도 '상품'인지라 브랜드가 부가가치를 높인다. 비슷한 노래를 불러도 이름 있는 가수의 노래, 자신과 개인적인 경험의 공감대를 형성하는 가수의 노래가 더 좋게 마련이다. 워렌 버핏은 "사람들은 그림보다는 화가에 열광한다"는 과감한 발언을 한 바 있다. 문화 상품이 브랜드가 되기 위해서는 우선 '컨셉'이 분명해야 한다. 같은 장르 속에서 비슷비슷한 다른 경쟁 상품과 달리 차별화가 될 수 있는 컨셉 없이는 브랜드를 만들 수가 없다.

한국 드라마의 소재나 진행방식이 늘 비슷비슷하다는 것은 해외 시장에서 불만으로 떠오른다. 왜 한국 드라마에 나오는 주인공들은 꼭 삼각관계 내지는 사각관계가 되는가? 왜 기억상실증에 걸리는 사람들은 그렇게 많은가? 왜 알고 보니 남매였다는 스토리는 그렇게 많은가? 이런 의문이 많아지면 드라마 시청 경험에 대한 불만족으로 연결되고, 한국 드라마의 브랜드를 스스로 갉아먹는 덫이 되어 버린다.

우리 시청자들은 이미 짜임새 있는 구성과 강력한 흡인력으로 스토리텔링을 하는 미국드라마에 빠져서 눈높이가 높아질 대로 높아졌다. 그래서 이제

웬만한 한국 드라마를 들이대서는 그들의 눈높이를 맞출 수가 없다. 입맛과 취향은 한번 높아지면 다시 끌어내리기가 힘들기 때문이다.

컨텐츠 산업의 핵심은 스토리텔링이다. 드라마건 영화건 애니메이션이건 게임이건 다 마찬가지다. 스토리텔링이 되지 않는 컨텐츠는 경쟁력이 없다. 관객을 흡인력 있게 끌어들이지 못 한다. '영상산업'이라는 단어가 자칫 컨텐츠 산업의 핵심을 놓칠 우려가 있는 것도 이 때문이다. '영상산업'이라고 해서 영상을 보기 위해 소비자들이 돈을 낸다고 생각하면 큰 오산이다. 영상산업이라도 그 속의 스토리를 즐기기 위해서 돈을 내는 것이지, 단순히 기술력 있는 영상미를 보기 위해서 돈을 쓰지는 않는다.

작가를 키우지 않는 한, 컨텐츠 산업의 경쟁력은 키울 수가 없다. 지금처럼 작가에 대한 대접이 주변부로 밀려나 있을 때는 흡인력 있는 컨텐츠가 나오지 않는다. 영화대상이나 드라마상 시상식 등을 보면 시나리오 부문은 주변부적인 상으로 인식되어 있다. 중요한 건 배우지, 작가가 아니라는 식의 인식이 너무나 깊고 넓게 퍼져 있다. 이래서는 좋은 컨텐츠가 나오기 힘들다.

작가라는 직업을, 20대 젊은 여성들이 잠시 거쳐 가는 직종으로 되어 버린다면 우리나라 컨텐츠 산업은 발전하기 힘들다. 다양한 분야에서 많은 경험을 쌓고 글솜씨가 있는 40대, 50대 아저씨들까지도 작가라는 직업을 기웃거릴 수 있어야 컨텐츠가 다양해지고 전문성을 지닌다. 인간의 본성상, 보상이 없는 곳에 시간과 에너지를 끝없이 투자하기는 어렵다. 작가에 대한 보상과 대우가 넘칠 때, 어디선가 숨어서 내공을 갈고닦은 작가들이 많이 나타나게 될 것이다. 컨텐츠 산업의 열쇠는 작가의 스토리텔링에 있다.

NBCStore.co[m]

미국 NBC 방송의 인기 프로그램 〈The Office〉

문화 산업에 ⑦
우리 것 프리미엄은 없다

일본 애니메이션 영화인 '하울의 움직이는 성'은 환상적이다. 참신하고 순수한 판타지의 세계를 보여주는데, 동화책보다도 살아있고 생생하다. 재미와 아름다움은 물론이다. 환상적인 상상력을 탄탄한 이야기 구조를 통해서 낭만적으로 표현해서 보는 사람의 마음을 사로잡는다. 귀여운 유머감각도 한 몫한다. 흥행에도 성공해서 '관객을 움직이는 성'이 되었다.

관객들은 홍보와 마케팅에 휩쓸릴 만큼 어수룩하지 않다. 줄거리가 탄탄하지 못 한 어설픈 영화는 입소문에서 찬바람을 맞게 되고, 입소문의 영향력은 막강하다. "그 영화 별로야"라는 말을 두 번만 들으면 절대 그 영화를 보러 가지 않게 된다. 어눌한 시나리오와 연기력 부족을 가지고 억지 감성을 강요할 수는 없다.

탄탄한 줄거리가 없는 상태에서 스타 개인의 인지도에만 의존한 영화로는 관객의 마음을 사로잡을 수가 없다. 영화산업이 가지는 자본의 논리 때문에 헐리우드 영화에 대해서는 뼈아픈 비평을 하면서, 어이없는 우리 영화에 대해서는 홍보 위주의 찬양을 늘어놓는 영화소개는 곤란하다. 상상력이 부족하고 서사성이 결핍된 B급 영화는 B급 영화일 뿐이다. 탄탄한 스토리가 빠져있는, 스타 중심의 어설픈 영화는 찬바람을 맞을 수밖에 없다.

이제 엔터테인먼트 산업에서 '우리 것' 프리미엄은 없다. 영화의 흥행 성공은 국적 요인이 아니다. 문화 소프트웨어로서 대중적인 소구력을 지녀야 살아남는다. 이미 높아질 대로 높아진 관객의 안목과, 까다로와질대로 까다로와진 입맛을 충족시킬 수 있어야 경쟁력을 지닌다. 흡인력 있는 문화 상품은 국적을 불문하고 관객 몰이를 한다. 7천원을 내고 영화를 보러 오는 관객

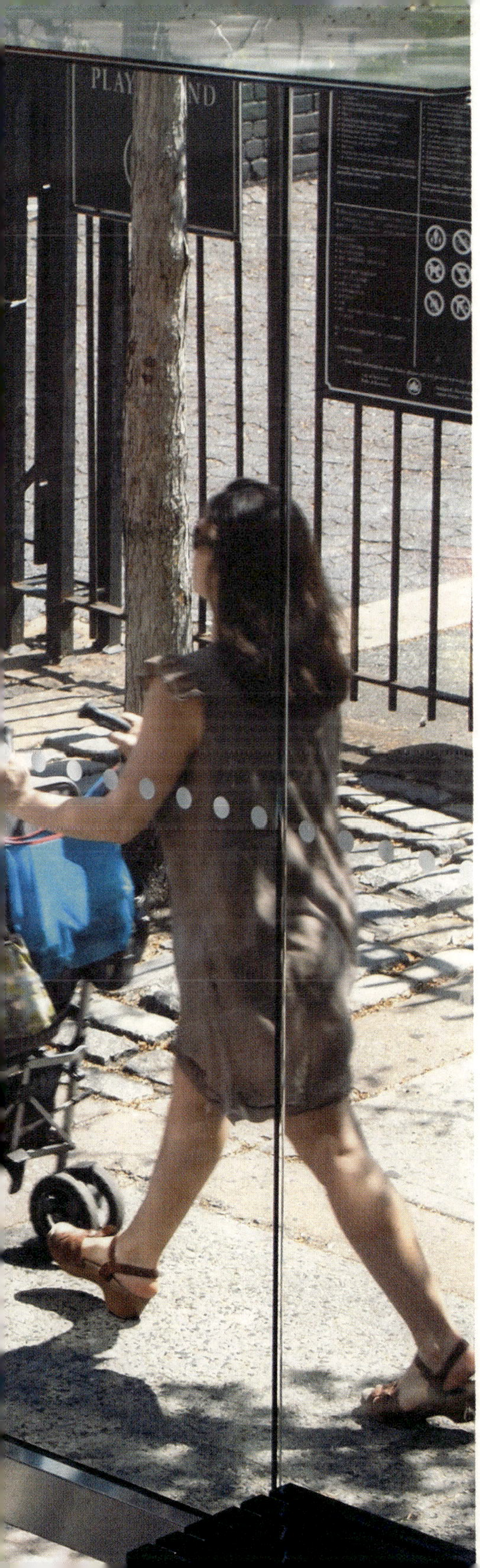

은 애국하기 위해서 영화를 선택하지 않는다. 7천원을 손에 쥔 그들의 선택은 냉정하다.

영상 문화 산업의 성공은 탄탄한 내용에 달려 있다. 눈높이가 높아진 관객의 취향은 이제 더 이상 '타인의 취향'이 아니다. '우리 것'이니까 일단 밀어주고 보자는 식으로는 안 통한다.

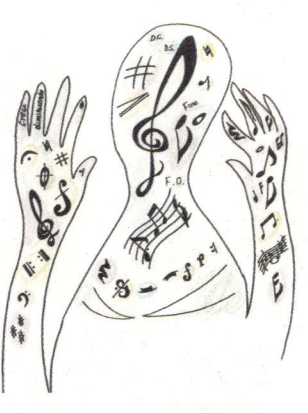

세상에는 세 종류의 사람이 있다고 한다. 변화를 만들어 내는 사람, 변화에 맞춰나가는 사람, 그리고 무슨 변화가 일어났는지 어리둥절해 하는 사람이다. 이렇게 말하면 무조건 빨리 변해야 한다는 삶의 태도를 강요하는 것 같기도 하다. 변화가 싫어서 일부러 느리게 사는 방식을 택하는 사람도 있다. 하지만 변화가 다 비인간적인 것만은 아니다. 변화가 살벌하지 않고 즐거울 수 있는 것은 바로 '창조'라는 유쾌한 단어 덕분이다.

오늘 있지만 내일 없는 것 09

UN 빌딩

UN의 '밀레니엄 프로젝트'를 통해서 나온 'UN 미래보고서'가 있다. 이 보고서는 미래의 삶이 어떻게 될 것인가를 예측하고 있는데, 여기에는 놀라운 내용이 많이 들어 있다. 미래를 예측하는 것이 간단치 않은 일이고, 반드시 정확하다고도 할 수 없다. 하지만 과거에서 현재까지 일어나고 있는 빠른 변화를 통해서 미래 사회를 생각해 본다는 점에서 새로운 방향과 변화의 틀을 제공한다. 지금으로서는 놀라운 미래 예측이지만, 이렇게 변할 수도 있다고 볼 때 대책 방도도 미리 생각해 볼 수 있다.

일단 인구문제가 크다. 50년 후에는 우리나라 인구가 3천만 명으로 줄고, 200년 후에는 500만으로 줄어든다고 한다. 지금과 같은 저출산율이 계속 지속되면 이런 속도로 줄다가 2,800년 후에는 마지막 한국인이 숨을 거둔다는 무시무시한 예측까지 나와 있다. 정말 이런 일만은 없어야겠다는 걱정이 들 수밖에 없다. 아이들 숫자가 줄고 조기 유학이 늘고 있는데, 지금의 주세가 그대로 간다면 15년 후에는 초등학교에서 교육시킬 아이들이 없다고 한다.

일자리 문제도 많이 변한다. 앞으로는 일자리도 완전고용에서 완전실업을 목표로 하는 사회가 온다는 예측을 한다. 완전실업이 웬 말인가 할 테지만, 일은 자동화기계가 해결하고 재택근무가 기본이 되기 때문에 나오는 용어라고 한다. 사람들이 모이는 것은 일을 하기 위해서가 아니라 게임이나 이벤트에 참가하기 위해서가 된다는 것이다. 그러다 보니 지속적인 직업훈련과 평생교육은 필수가 된다. 엔지니어의 지식 수명은 5년이 되고, 전자공학은 1학년 때 배운 것이 3학년이 되면 이미 낡은 지식으로 되어 버린다. 자신을 끊임없이 향상시키지 않으면 도태되어 버리는 '생존의 트랙'이 현실로 다가오는 것이다.

대학도 세계적인 사이버 통합대학으로 간다는 예측을 내놓고 있다. 엄청난 규모의 사이버 대학들만 몇 개 살아남는다는 것이다. 첨단기술이 발달하면서 대학생은 사이버대학에 들어가고, 학교 건물은 평생교육을 위한 공간이 된다. 강의하고 시험문제 내는 교수의 역할도 바뀐다. 지식을 통합하고 심도 있는 토론과 교육과정의 조언자로 남게 된다는 것이다.

정당은 사라진다고 한다. 이미 그런 징조는 나타나고 있다. 미국의 '포린 폴리시' 정책 집은 특집에서 '오늘 있지만 내일 없는 것'의 명단을 내놓았다. 2040년에 사라지는 것 중에서 가장 먼저 정당을 꼽았다. OECD 미래예측보고서에서도 수십 년 전부터 정당의 소멸을 예측해 왔다. 국민들은 정당을 거칠 필요 없이 직접 정부와 접촉한다. 정보통신 기술의 발달로 가능해지는 일이다. 대중이 언론에서 정치기사를 원하지 않기 때문에 정치 기사가 점점 사라져 갈 것이라고 예측한다.

신문과 방송에도 변화가 올 수 밖에 없다. 언론의 권력은 힘이 빠지고, 대형 미디어 컨텐츠 홍보회사로 변한다는 예측이 나와 있다. 미래의 언론은 대중문화와 홍보, 연예 회사를 모두 융합한 엔터테인먼트 회사로 간다는 것이 미래 전문가들의 분석이다. 미래의 대중문화는 케이블TV, 컴퓨터, 전자제품, 통신이 하나로 융합되면서 대규모 시장을 형성한다. 헤아릴 수 없는 채널을 통해서 각종 정보와 게임, 영화를 실시간으로 선택하게 된다. 온라인 구매가 언론의 컨텐츠 유통을 다 바꿔버린다. 디지털화된 세상에서 통신수단이 발전하면서 지구촌 전체를 하나의 시장으로 모호하게 만들어 버린다.

'과연 그럴까' 하는 의구심이 드는 부분도 있다. 하지만 분명한 것은 변화의 속도가 지금까지의 변화 속도보다 훨씬 더 빠를 것이라는 점이다. 정신없이 변하는 세상 속에서 나 자신은 변화에 발맞춰 가고 있는가? 문득 정신이 들게 만든다면 미래 예측은 분명히 효용 가치가 있다.

뉴욕 타임즈 빌딩

Part 4

뉴욕, 그리고
미술

01 구겐하임의 맥구겐하임 전략

02 사람들은 그림에 감동하기보다는
   화가의 스토리에 더 감동한다

03 세상에는 비싼 미술 작품보다는
   돈이 훨씬 더 많다

04 세계에서 가장 비싼 그림은?

05 앤디 워홀과 데미언 허스트의 철학

06 소호와 첼시의 이유 있는 변모

07 빛과 공간의 작가 올라퍼 엘리아슨

08 뉴욕의 문화 상징 MoMA

09 MoMA의 아이디어 상품들

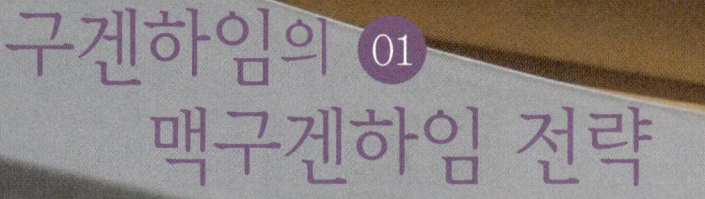

구겐하임의 01
맥구겐하임 전략

THE GREAT UPHEAVAL
MODERN ART FROM THE GUGGENHEIM COLLECTION, 1910–1918

미술관과 현대미술에서 두드러진 하나의 특징은 미술관의 국제화 현상이다. 구겐하임 미술관은 규모가 작고 센트럴파크에 인접해 있어서 건물을 확장할 여지도 없다. 구겐하임이 소장한 작품은 6,500점 정도인데 모든 공간을 총동원해서 진열해도 소장 작품의 3분의 1만 걸면 공간이 꽉 찬다. 그래서 구겐하임은 1년에 7~8개의 순회 전시회를 기획해서 전시회를 주최하는 미술관에 전시 비용을 부담시켰다. 그러나 순회 전시회는 작품이 훼손될 우려가 있었다.

다른 해법으로 구겐하임은 이름과 자본을 세계무대로 확대해 나가는 방안을 선택했다. 구겐하임은 맥도날드의 전략을 연상시키는 '맥구겐하임화' 전략을 도입했다.

스페인 바스크 지방 정부와의 협상을 통해 빌바오 구겐하임 미술관을 지었다. 관광객들에게 완전히 외면당하던 공업 도시 빌바오에 미술관이 들어섰다. 구겐하임은 라이선스 비용과 컨설팅 비용으로 1,800만 유로를 받는 대신 빌바오에 구겐하임이라는 이름, 미술관 경영 노하우, 그리고 뉴욕 미술관에 걸어두지 못하는 작품들을 빌려주기로 했다. 1997년 빌바오 구겐하임 미술관이 문을 열었고, 해마다 100만 명의 관람객이 찾으면서 인기를 끌고 있다. 빌바오 공항에서 인터뷰한 결과를 보면, 도착한 관광객의 80퍼센트가 빌바오를 방문한 가장 큰 이유로 구겐하임 미술관을 꼽았다. 빌바오 구겐하임이 성공을 거두자 세계적으로 미술 관광 붐이 일기 시작했다.

베를린에도 작은 규모의 도이치 구겐하임을 설립했다. 그리고 2006년에는 아랍에미리트연합국의 수도 아부다비에 구겐하임 미술관을 설립하기로 계약했다. 아부다비 구겐하임은 뉴욕 구겐하임보다 규모가 훨씬 더 크다.

사람들은 그림에 감동하기보다는 화가의 스토리에 더 감동한다 02

워렌 버핏은 이렇게 말했다. "사람들은 그림에 감동하기보다는 화가에 더 감동한다." 스토리가 있는 화가는 사람들을 매료시킨다. 스토리의 힘이 크기 때문에 설득력 있는 메시지를 만들기 위해서는 스토리의 힘이 꼭 필요하다. 우리가 감동하는 이야기들은 모두 '스토리의 힘'이 탁월한 것들이다.

FLOOR 5
From the Collection
Joan Miró, The Birth of the World

FLOOR 5
From the Collection
Frida Kahlo, Fulang-Chang and I

OR 3
casso: Guitars 1912–1914
13–JUN 6

'이코노믹 씽킹'을 쓴 프랭크 교수는 왜 경제학 강의가 수많은 그래프와 숫자로 다수의 학생들이 외면하는 과목이 되어야 하는지를 고민했다. 그는 스토리텔링 방식을 통해서 경제학을 재미있게 공부할 획기적인 방법을 찾아냈다. 그래서 나온 책이 바로 '이코노믹 씽킹'이다. 우리 주변에서 벌어지는 일상생활에서 핵심을 꿰뚫는 힘을 길러주는 책이 '이코노믹 씽킹'이다. 그는 사람들이 스토리로 다가갈 때 가장 잘 기억하고 흥미를 느끼고 잘 이해한다고 말한다. 그리고 인간의 기억 구조는 천성적으로 스토리 방식을 선호한다는 것이다.

'은밀한 갤러리'의 저자이며 경제학자이자 미술 콜렉터인 도널드 톰슨 교수는 이렇게 말한다. "이 작품의 예술성이 높은 이유는 비싸기 때문이다."

세상에는 비싼 미술 작품보다는
돈이 훨씬 더 많다

유명한 미술 작품은 왜 가격이 천문학적으로 비쌀까? "세상에는 비싼 미술 작품보다는 돈이 훨씬 더 많기 때문이다." 미술시장을 움직이는 작가와 경매, 갤러리의 관계에 대해 쓴 책 〈은밀한 갤러리〉의 저자 도널드 톰슨의 말이다. 비싼 미술작품의 수는 한계가 있다. 그런데 돈은 그보다 훨씬 많다.

미술품의 가격이 어떻게 결정되는지, 그 뒷이야기가 궁금하다면 〈은밀한 갤러리〉라는 책을 읽어보시라. 저자인 도널드 톰슨은 캐나다 요크대학의 경영대학원에서 마케팅과 경제학을 가르치고 있는 교수이자 현대미술품 컬렉터다. 그는 미술품 거래야말로 세계에서 가장 불투명하고 원칙과는 거리가 먼 상거래라고 말한다. 미술품을 직접 구입하면서 작품을 둘러싼 경제현상과 욕망의 근원에 호기심이 생긴 그는 1년간 미술품 딜러와 화랑, 경매회사 스페셜리스트, 미술계 인사들, 그리고 부자 컬렉터들을 직접 인터뷰했다. 그 자료를 바탕으로 쓴 〈은밀한 갤러리〉는 현대미술과 딜러, 그리고 경매회사 사이를 연결하는 경제학 원리와 인간 욕망의 기저를 경제학자의 눈으로 냉철하게 추적한다.

사람들이 유명 작가의 작품에 몰리는 이유는 그들의 그림이 비싸기 때문이다. 그리고 그들의 그림이 비싼 이유는 그들이 유명하기 때문이다. 작품에 대한 정보가 부족한 컬렉터들은 그로 인해 불안감을 느끼게 되고, 그 불안감을 해소하기 위해 유명 작가의 작품에 쏠리게 된다. 그 결과 제프 쿤스, 앤디 워홀 등 이미 슈퍼스타가 된 작가들과 이들의 작품을 관리하는 특정 갤러리, 그리고 소더비와 크리스티 같은 경매회사 브랜드의 입지가 점점 굳어지게 됐다는 게 저자의 주장이다.

2005년, 영국 작가 데미언 허스트의 '살아있는 자의 마음속에 존재하는 죽음의 물리적 불가능성'이라는 작품이 1200만 달러(약 138억원)에 판매됐다. 단지 상어를 포름알데히드 용액이 든 수족관에 담아 박제시켰을 뿐인 작품인데도 말이다.

누군가의 집에 초대받았는데, 집주인이 어떤 도자기 조각을 내밀며 "50억짜리야"라고 말한다면 어이 없을지도 모른다. 하지만 그가 "소더비에서 구입했어"라거나 "제프 쿤스의 작품이야"라는 말을 덧붙인 다면 어느 누구도 이의를 달지 않을 것이다. 미술 작품의 가격 책정에서 가장 큰 영향을 미치는 요소 중 하나가 바로 '브랜드'이기 때문이다.

미술품 경매에 가보면 사람들의 심리가 보인다. 경매에 나온 미술품의 낙찰 가격은 자신이 원하는 대로 결정되지 않는다. 상대가 있는 게임이기 때문이다. 게다가 그 상대방이 몇 명이나 되는지, 또 얼마나 센 선수들인지를 도무지 알 수가 없는 게임이다. 그래서 자신이 원하는 가격이나, 자신이 생각할 때 적정선이라고 여기는 가격보다 훨씬 높게 낙찰될 때가 많다.

나도 미술품 경매에 몇 번 가본 적 있다. 미술시장이 뜨겁게 달아오르는 시절이어서, 블루칩 작가의 작품이 나오기만 하면 아예 처음부터 끝까지 손을 들고 있는 사람들도 있었다. 가격이 얼마가 되건, 무조건 사겠다는 의지의 표현이다.

초기 경매 가격이 있긴 하지만 여러 경쟁자가 달려들면 값은 점점 올라간다. 희소성이라는 심리적 압박감 때문에 더 열띤 경쟁을 하게 된다. 그리고 대부분 마지막에는 두 사람 정도가 남아서 끝까지 경쟁을 벌인다. 한 치의 양보도 없이 주거니 받거니 가격을 부르다가 한 쪽이 기권을 하고 조용히 손을 내리면 최고가에 낙찰이 된다. 그 최고가가 처음에 나온 가격의 대여섯 배에서 열배까지 되면 관람하고 있던 사람들은 "와야" 하고 놀라움의 탄성을 지른다. 어떤 이들은 어이없는 가격이라는 듯이 고개를 휘휘 내젓기도 한다. 그냥 구경꾼의 입장에서 지켜봐도 손에 땀을 쥐게 하는 스릴과 재미가 있다.

그런데 그 가격에 대한 평가가 판이하게 다르다는 것이 재미있다. 보통 사람들에게는 어이없는 가격일지 모르지만, 그 값을 기꺼이 치르고라도 그 미술품을 갖고 싶어 하는 사람들에게는 적절한 값일 수 있다. 현금을 수북이 쌓아두고 그 옆에 미술품을 두었다고 생각할 때, 현금을 버리더라도 미술품을 갖고 싶으면 그걸 살 수 있다. 현금이 더 탐나면 미술품은 못 산다. 아니, 안 사는 것이다.

자신이 원해서 억만금을 주고서라도 갖고 싶다면 그 가격을 치를 수 있다. 그래서 고흐의 '가쉐 의사의 초상' 같은 그림은 8,250만 달러에 팔렸다. 박수근 화백의 28x22 센티 크기의 그림 '시장의 여인들'은 9억 1천만원이라는 최

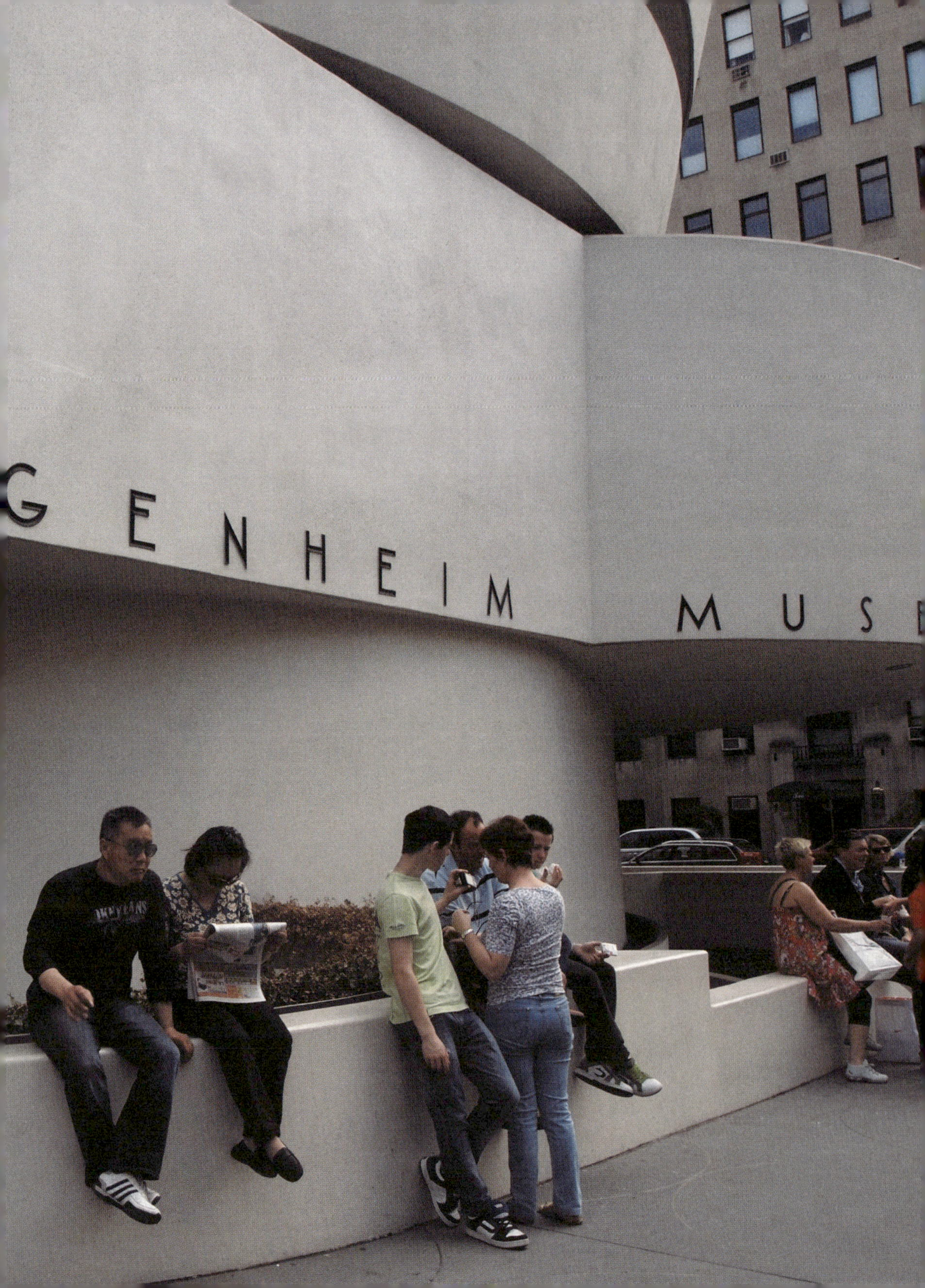
GENHEIM MUSE

고가에 팔리기도 했다. 그런 사람들이 많고, 대상이 되는 미술품이 귀할수록 높은 가격의 시장이 형성된다. 그러다 보니 관람객 입장에서 보면 터무니없다고 느껴질 정도로 엄청난 가격이 매겨진다.

소더비 경매에 관한 책을 쓴 로버트 레이시는 "사람들이 경매에서 얻고 싶어하는 것은 특별한 사회계층으로서의 지위와 자신의 취향이 옳다는 것을 인정받는 것"이라고 했다.

사람들은 더 높은 가격을 지불하고서라도 무명의 상품 보다는 유명 브랜드를 구입하고 싶어한다. 이는 미술 시장에서도 마찬가지다. 그래서 똑같은 그림이더라도 유명 갤러리에서 팔릴 때에는 소규모 무명 갤러리에서 팔릴 때보다 더 높은 가격을 받을 수 있다. 이미 작가의 이름 자체가 브랜드화한 경우 시장은 그 작가가 어떤 작품을 내놓든 쉽게 받아들인다.

시장의 원리는 그렇다. 공급이 적고 수요가 많으면 값은 올라가게 되어 있다. 그리고 희소성이 있는 물건일수록 비싸다. 매우 단순한 이치다. 어이없이 높은 가격이라 할지라도 그걸 갖고 싶은 사람이 많으면 그 가격에 시장이 형성된다. 부동산도 미술품 시장과 비슷한 점이 있다. 희소성이 있는 상품을 두고 원하는 사람의 수가 많아지면 가격은 오를 수 밖에 없다. 많은 사람이 원할수록 가격은 천정을 모르고 올라간다. 그 가격이 어처구니없이 높더라도, 그 시장에서 그 가격을 지불할 의사를 가진 사람들에게는 높은 가격이 아니다.

그러니 희소성을 지니고 많은 사람들이 원하는 상품의 공급을 늘리지 않고 규제로만 그 가격을 잡기는 어렵다. 시장에서 인간의 욕망과 싸워서 이긴 규제는 역사상 없었다. 욕망의 힘은 그만큼 크다. 인간의 욕망이라는 '상대' 가 있는 게임은 상대를 인정하면서 게임을 치러야 한다. 상대를 과소평가하면서 게임을 치르면 결과가 좋을 수가 없다.

사람도 마찬가지다. 희소성이 있고, 대체가 불가능한 전문성이 있어야 가치를 인정받는다. 브랜드로 자신을 키웠을 때 몸값이 올라간다. 차별화된 포지셔닝이 되어야 가치를 인정받는다. 차별화는 성공의 지름길이고, 동일화는 실패로 가는 길이다. 단, 차별화를 위한 차별화가 아니라 시장에서 통하는 차별화가 되어야 한다.

그런가 하면, 자신의 가치에 대한 자신의 평가와 시장의 평가가 다를 때 문제가 생긴다. 자신이 생각하는 자신의 가치는 굉장히 높은데, 시장에서 평가되는 가치가 낮다면 "세상이 나를 몰라준다"며 늘 울분에 차서 통탄하게 된다. 불행의 시작이다. 실제로는 자신을 과대평가한 데서 온 결과일 수가 많다. 오히려 자신의 가치를 스스로는 겸손하게 낮춰 보는데, 시장이 알아주는 경우가 낫다. 가격에도 심리적인 요소가 있다. 자신의 가격은 자신의 심리를 통제하면서 매기면 그만이지만, 시장에 나온 상품은 그렇지 않다. 가격 속에는 인간의 본성과 심리가 들어 있다. 욕망의 심리학을 알아야 가격을 조절할 수 있다.

세계에서 가장 비싼 그림 1위~20위는 뭘까? 기네스북에 올라있는 세계 최고가의 그림은 레오나르드 다빈치의 모나리자로 되어 있다. 현재 추정가로 40조원 정도 된다고 한다. 물론 거래는 되지 않는다. 박물관 소장이다.

그림의 가치라는 것은 거래되는 가격만으로 매길 수 없고 아무리 좋은 그림이라도 소장하고 있는 사람이 그림을 내놓지 않으면 가격은 없는 것이다. 하지만 거래된 가격으로 최고가의 Top 20는 이렇다. 물론 이 기록은 계속 바뀐다. 지금도 바뀌었을 수 있다. 하지만 널리 알려진 순위는 이렇다.

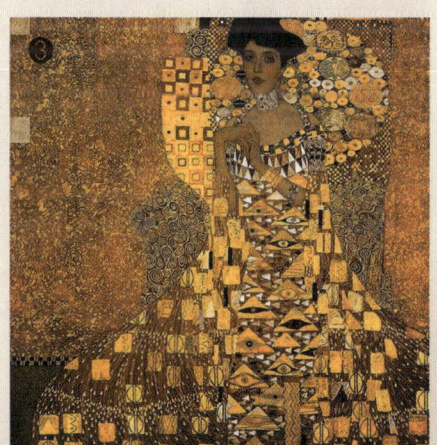

1위　잭슨 폴록(1912~1956)
　　　1948년작 / 1,800억원

2위　윌렘 드 쿠닝(1904~1997)
　　　1953년작 / 1,780억원

3위　구스타프 클림트(1862~1918)
　　　1907년작 / 1,720억원

4위 빈센트 반 고흐(1853~1890)
　　　가세박사의 초상 / 1,660억원

5위 르누아르(1841~1919)
　　　물랭 드 라 갈레트 / 1,570억원

6위 파블로 피카소(1881~1973)
　　　파이프를 든 소년 / 1905년작
　　　1,430억원

7위 빈센트 반 고흐(1853~1890)
우체국 조셉 룰랭 / 1,210억원+추가 예상

8위 파블로 피카소(1881~1973)
도라마르의 초상 / 1,220억원

9위 빈센트 반 고흐(1853~1890)
붓꽃 / 1,210억원

10위 앤디 워홀 / 여덟명의 엘비스
   1,200억원

11위 빈센트 반 고흐(1853~1890)
   수염이 없는 자화상 / 1,130억원

12위 Portrait of Adele Bloch–Bauer II
   by Gustav Klimt, / 1,130억원

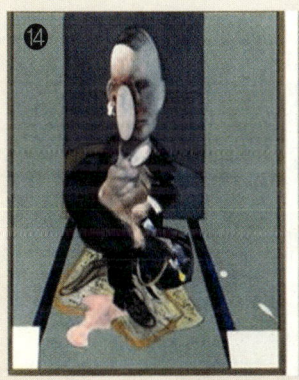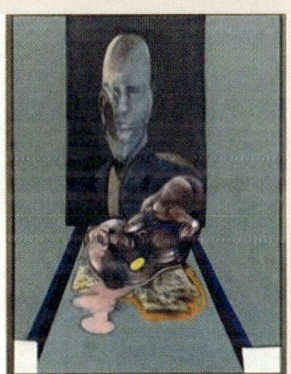

13위 Massacre of the Innocents
by Peter Paul Rubens / 1,100억원

14위 Triptych, 1976 by Francis Bacon
1,030억원

15위 False Start by Jasper Johns
       1,030억원

16위 A Wheatfield with Cypresses
       by Vincent van Gogh / 1,020억원

17위 Les Noces de Pierrette
       by Pablo Picasso / 1,010억원

18위 Yo, Picasso by Pablo Picasso
1,000억원

19위 Turquoise Marilyn by Andy Warhol
1,000억원

20위 Le Bassin aux Nymph_s
by Claude Monet / 958억원

앤디 워홀과 05
데미언 허스트의 철학

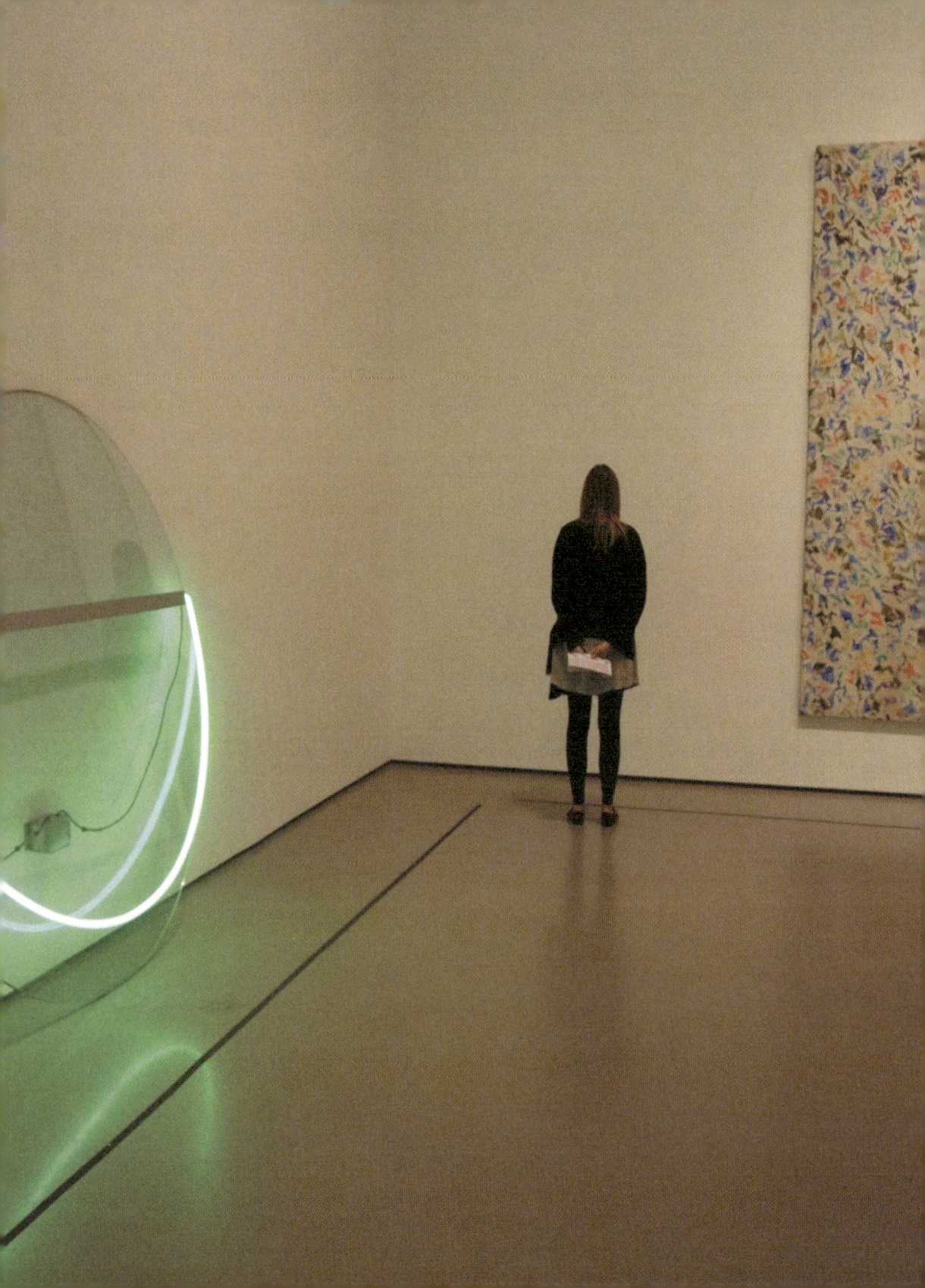

앤디 워홀은 〈앤디 워홀의 철학: A에서 B까지 그리고 다시 돌아와 (The Philosophy of Andy Warhol: from A to B and Back Again)〉라는 자신의 책에서 다음과 같이 적고 있다.

"여러분이 20만 달러짜리 그림을 산다면 결국 그 돈을 끈으로 묶어 벽에 걸어놓는 셈이다. 그리고 누군가가 여러분의 집에 놀러와 벽에 걸린 그림을 보며 가장 먼저 떠올리는 건 그것이 바로 '돈'이라는 생각이다."

데미언 허스트는 "미술 세계는 돈을 좇지만 미술은 인생을 좇아야 한다. 미술로 돈을 좇기 시작하면 모든 것을 망치고 만다"라고 했다. 1996년 가고시안 뉴욕 갤러리에서 개최된 전시회에서 허스트가 했던 말도 유명하다. 당시 두 마리 암소를 반으로 잘라 포름알데히드에 넣은 허스트의 작품은 큰 논란을 불러일으켰다. 그 작품의 전시회는 6개월이나 지연되었는데, 이는 행여나 용기 속에 들은 고기를 누가 먹지는 않을까 걱정한 뉴욕 시 보건관리부가 전시회 허가를 내주지 않은 탓이었다.

그 작품의 제목은 '모든 일에 함께 묻어오는 거짓을 받아들임으로써 얻는 약간의 편안함 (Some Comfort Gained from the Acceptance of the Inherent Lies in Everything)' 이었다. 당시 이 제목이 뜻하는 바를 묻는 질문에 허스트가 "이 작품이 굉장한 금전적 가치가 있다"는 의미라고 대답해서 더욱 유명해졌다.

소호와 06
첼시의 이유 있는 변모

소호는 예전에 가난한 아티스트들이 모여 사는 곳이자 에술의 중심지였다. 하지만 이미 그런 명성은 브루클린과 첼시에 넘겨주었다. 소호는 이제 쇼핑하는 곳이 되었다. 옛 구겐하임 뮤지엄이 있던 소호 자리에는 프라다 매장이 들어섰다. 예술가들의 거리였던 스프링 스트리트와 프린스 스트리트에는 명품숍들이 줄지어 서있다. 이제는 예술가들의 거리가 아니라 관광객을 위한 카페와 쇼핑의 거리가 되었다.

첼시는 1990년대 초반까지만 해도 소호에서 밀려난 예술가들이 모여 있는 곳이었다. 작은 공장과 창고가 즐비했다. 이제는 소호를 넘어서 최고의 화랑 거리가 되었다. 첼시 갤러리 디스트릭트에는 250여개의 갤러리가 있다. 빌딩 전체가 갤러리인 빌딩도 많다. 10번가를 중심으로 26번가에서 20번가까지 화랑이 줄지어 있다. 세계 미술계에서 최고로 꼽히는 가고시안

(Gagosian)과 글래드스톤(Gladstone), 페이스 윈든스타인 등의 갤러리가 있다. 그리고 실험적인 작품을 선보이는 젊은 갤러리들도 많다.

첼시 마켓도 특별하다. 첼시 마켓은 원래 공장 건물이었다. 오레오 쿠키를 만든 회사가 100여년 전에 세운 공장이었다. 이제는 그 낡은 공장의 분위기를 그대로 두면서도 새롭게 마감한 디자인의 건물이 되었다. 철골이 그대로 드러난 천장과 배관이 공장 분위기를 아직 가지고 있지만, 오래된 벽돌에서 오는 정감 어린 분위기가 있다. 첼시 마켓 안에는 레스토랑과 빵집이 많다. 인기 브런치 숍인 '사라베스 베이커리(Sarabeth's Bakery)'도 여기에 있다. 그리고 안도 다다오가 디자인한 일식 레스토랑 '모리모토(Morimoto)'가 있다. 이탤리언 레스토랑 '델 포스토(Del Posto)'는 유명한 셰프인 마리오 바탈 리가 열었다. 이렇게 음식 문화의 중심지가 되다 보니, 음식 관련 프로그램을 제작하는 케이블 채널 '푸드 네트워크'가 들어와 있다.

첼시 마켓에서 조금 떨어진 미트패킹 디스트릭트는 트렌디하다. 해가 지고 주말이 되면 멋쟁이 젊은 층들이 거리를 활보하고 파티를 즐긴다. 원래 도축장과 육류 창고, 정육 공장 등이 250여개 모여 있던 거리가 이제는 레스토랑, 바, 클럽, 패션 숍 등으로 바뀌었다. 이제 미트패킹 디스트릭트는 '잠들지 않는 도시' 뉴욕의 상징이 되었다.

빛과 공간의 작가 ⑦
올라퍼 엘리아슨

브룩클린 다리 밑에 설치했던 공공미술이었다. 처음에는 보잘 것 없는 엉뚱한 작품에 세금만 낭비했다고 뉴욕 시민들에게 욕을 많이 먹었다. 하긴, 파리의 에펠탑도 처음에는 흉물스럽다고 비난의 대상이 되었다.

덴마크 출신의 아티스트 올라퍼 엘리아슨 Olafur Eliasson은 빛과 공간을 가지고 작업한다. 자연을 과학적 탐구를 통해 예술로 만든다. 자연을 통째로 전시장에 들여놓는 느낌의 작품을 보여준다. 뉴욕시의 브루클린 다리에 폭포를 설치하기도 했다.

런던의 테이트 모던 미술관에서의 전시 때는 조명과 거울을 이용해서 거대한 인공 태양을 만들었다. 미술관에 높이 35m로 떠오른 이 작품은 200여 개의 전구로 빛을 밝힌 작품이었다. '기후 프로젝트 (The Weather Project)'다. 홀 전체에 뿌연 안개를 채우고 천정에 거울을 만들어서 인공 태양이 내뿜는 강렬한 빛으로 전시장을 채웠다. 이 인공 태양 아래서 관람객은 감탄할 수밖에 없었다. 인공 태양 아래에서 일광욕을 즐기는 것처럼 미술관 바닥에 눕거나 앉은 관람객이 많았다. 작품을 보러온 200만 명이 미술작품의 일부분이 되었다. 이 작품은 올라퍼 엘리아슨을 일약 스타덤에 오르게 했다. 정말 놀라운 아이디어를 가지고 있는 예술가다. 그의 작품은 변형과 재구성이라는 두 단어로 압축할 수 있다.

그는 북유럽의 신비한 자연 풍광에 매료되어서 자연의 경이로움과 아름다음을 작업의 주제로 삼아왔다. 거대한 자연현상을 전시장 내부에 끌어들여서 관객과 작품 사이의 감각적인 소통을 만들어 낸다. 그의 작품에서는 관람객의 참여(involvement)가 중요한 요소다.

2011년 덴마크 Aarthus 미술관에 영구 설치한 '당신의 무지개 파노라마'라는 작품은 유리 전망대다. 무게 260톤에 달하는 거대한 유리 전망대가 덴

마크 도시 풍경을 무지갯빛의 파노라마로 만든다. 공공 건축 프로젝트라고 할 수 있다.

2012년에는 우리나라의 PKM 트리니티 갤러리가 그의 작품전을 했다. 전시의 제목은 'Your Uncertain Shadow'. 우리나라에서 세 번째 개인전이다. 'Your Uncertain Shadow' 와 '별의 잔상(Afterimage Star)' 은 빛의 파장과 움직임을 이용해서 관람객의 참여를 이끌어낸다. 고반사율의 특수 유리와 화산암을 내부에 장착한 2m 높이의 만화경 '라바 칼레이도스코프' 작품에서는 아름다운 시각 효과를 보여준다.

올라퍼 엘리아슨은 "현대미술계의 비요크(Bjork)"라고도 불린다. 90년대 초반 이후 북구를 넘어 유럽 전역의 주요 전시회를 휩쓴 그의 주요 작품들이 "Take Your Time"이라는 이름의 특별전으로 미국에 왔었다. 2008년에 전시가 열린 뉴욕현대미술관과 PS1은 세계 각국의 관광객들로 인산인해를 이루었다. 물론 관람객 수가 그의 영향력을 입증하는 전부는 아니다.

엘리아슨의 작품은 1960년대 이후 현대미술의 주요 경향들을 보여준다. 미니멀리즘, 개념미술, 대지미술, 확장영화 (expanded cinema), 공공미술, 나아가 현재의 미디어아트까지 아우른다. 가장 첨단의 주제들을 가지고 자연과 인간을 표현한다. 그의 작품들은 놀랍다.

〈Double Sunset〉

해를 주제로 한 작품이다. 큰 전광판으로 인공 해를 거리에 세워놓았다.
그래서 해가 질 때, 지는 해가 2개로 보여서 묘한 분위기를 자아낸다.

〈Rainbow Democracy〉

뉴욕 현대 미술관(Museum of Modern Art)은 미국 뉴욕 시에 위치한 근현대 미술 전문 미술관이다. 영문 명칭의 머리글자를 취해 MoMA(모마)라고도 불린다. 뉴욕에 오는 거의 모든 관광객들의 일정표엔 MoMA가 있을 것이다.

MoMA는 근현대 미술/디자인을 총 망라하는 미술 전시관으로서 메트로폴리탄 뮤지엄과 함께 뉴욕의 문화적 상징이다.

MoMA는 영화, 사진, 건축, 디자인을 미술의 중요한 영역으로 동등하게 설정한 최초의 미술관이라는 평가를 받고 있다.

MoMA는 소장품을 6개 분야로 나누어 전시·관리하고 있는데, 건축과 디자인 작품(Architecture and Design), 소묘 작품(Drawings), 영화와 비디오 작품(Film and Video), 회화와 조각 작품(Painting & Sculpture), 사진 작품(Photography), 판화와 삽화 작품(Print and Illustrated Books) 으로 나뉜다.

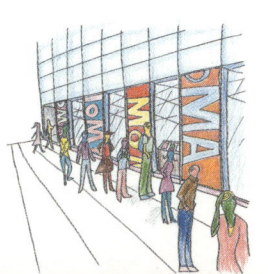

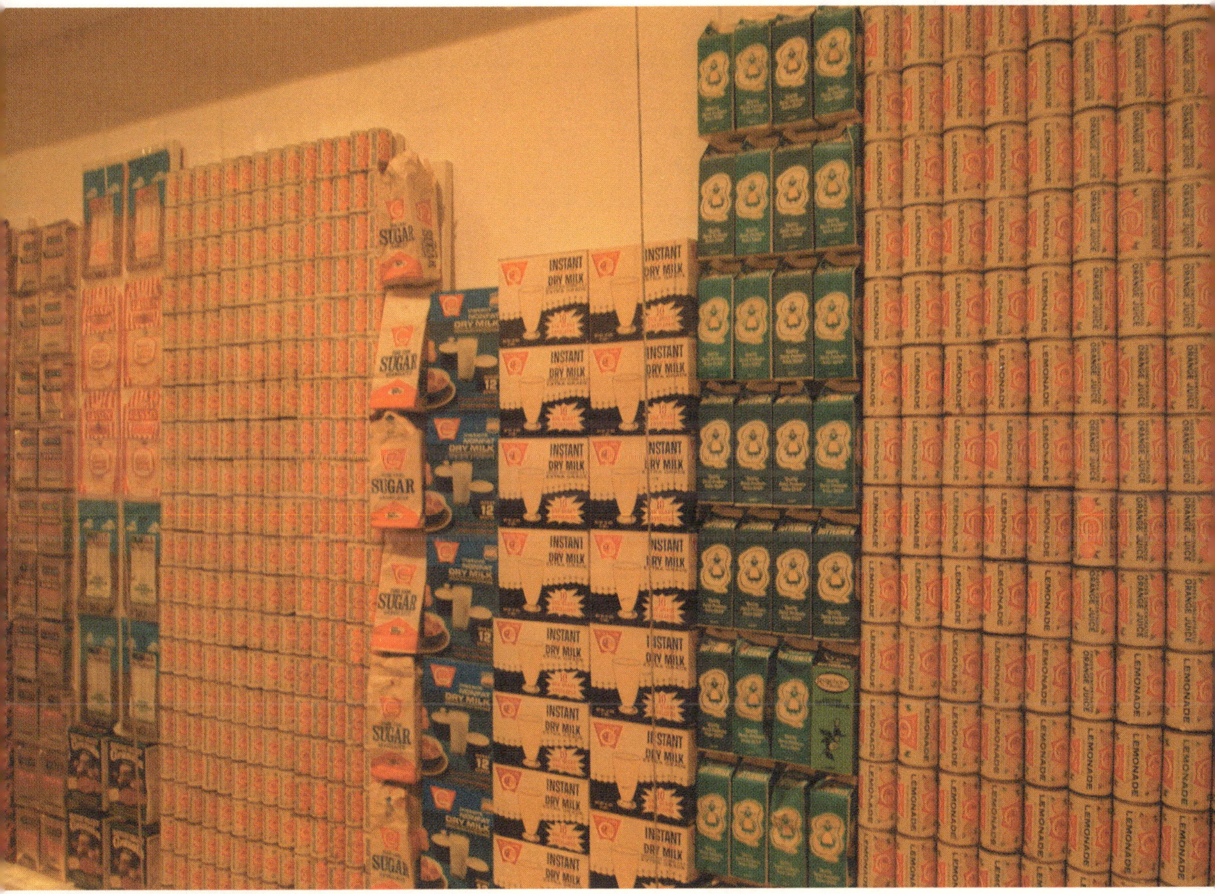
SUGAR
INSTANT
DRY MILK
LEMONADE
ORANGE JUICE

MoMA는 1933년부터 영화를 예술의 장르로 포함시켜 매일 영화를 상영하고 있다. 미국 내에서 가장 많은 1만 4,000여점의 영화작품을 갖추고 있다.

Robert Rauschenberg
American, 1925–2008

Currents 1970
Screenprint

Publisher: Dayton's Gallery 12, Minneapolis, and
Castelli Graphics, New York
Printer: Styria Studios, Glendale, California
Edition: 6

Riva Castleman Endowment Fund, 2008

FIRST TIME ON VIEW AT MoMA

MoMA는 1929년 존 D 록펠러 주니어(John D. Rockfeller Jr.) 부인 등 3명의 여성이 중심이 되어 인상파 이후의 유럽 미술을 소개하는 목적으로 설립했다. 처음에는 세잔(Cezanne), 고흐(Gogh), 고갱(Gauguin) 등의 작품이 미술관의 핵심이 되었다. 이후 소장품의 증가로 수차례 증·개축을 통해 확장해오다 1984년 대폭적인 증축을 거쳐 오늘날의 미술관으로 태어나게 되었다.

MoMA는 지난 2001년 5월 시작된 맨해튼 건물의 재건축 공사 기간에 인근 퀸스의 임시건물로 일시 이전한 후 2년 반에 길친 재건축을 완료하고 2005년 11월 재개관 했다.

th
its
be
a s
w

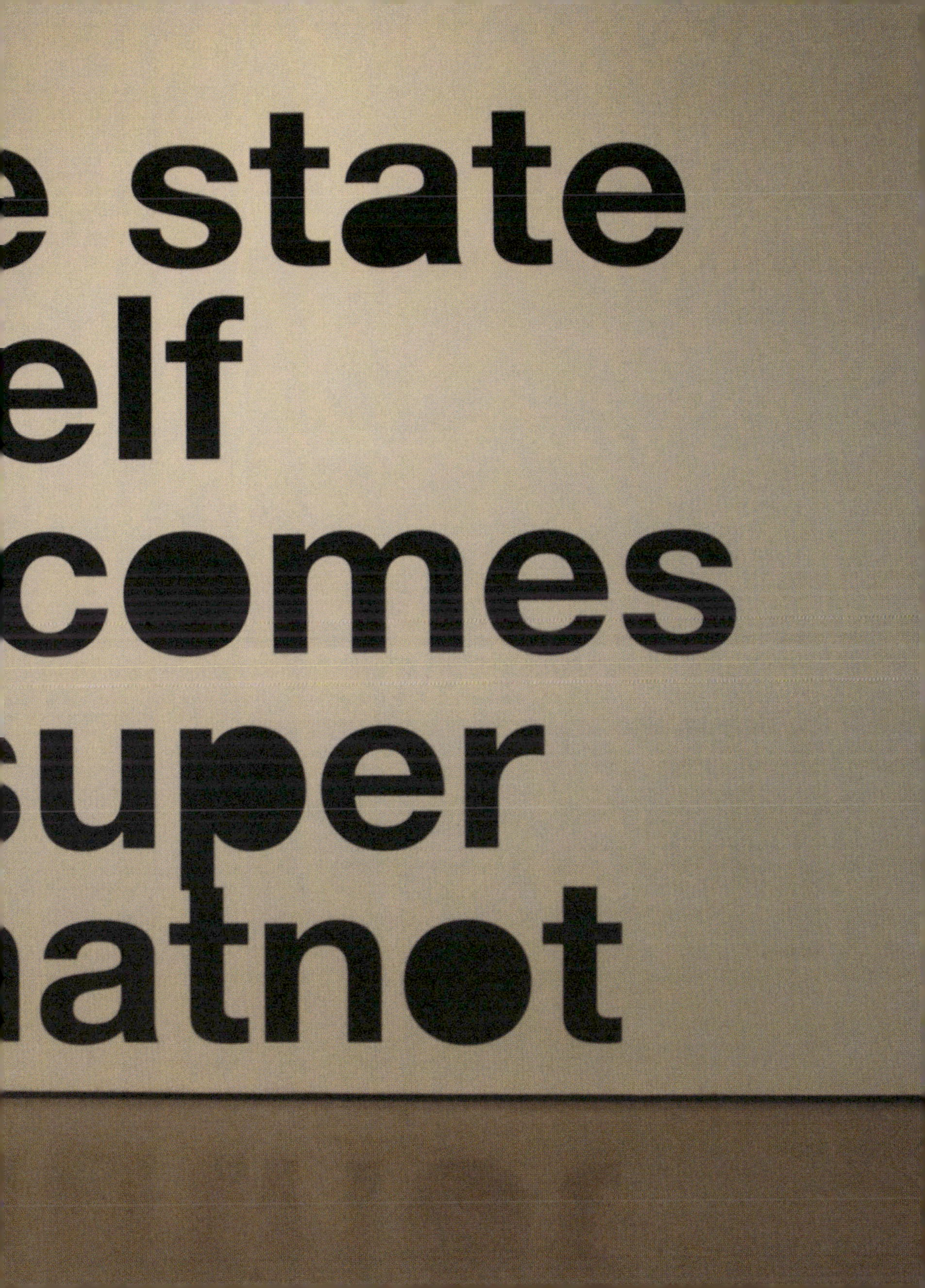

e state
elf
comes
super
hatnot

MoMA의 ⑨
아이디어 상품들

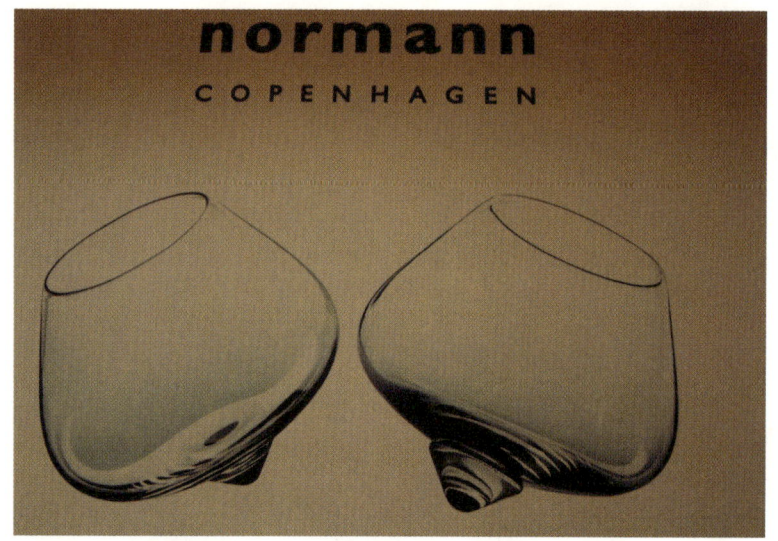

와인잔. 뱅글뱅글 돌아간다 와인잔에 꼭 다리가 있어야 하는 건 아니다

과일 바구니

깜찍하고 발랄한 주방기구들...

무지개 빛깔과 유연한 곡선이 아름답다

형형색색의 젓가락

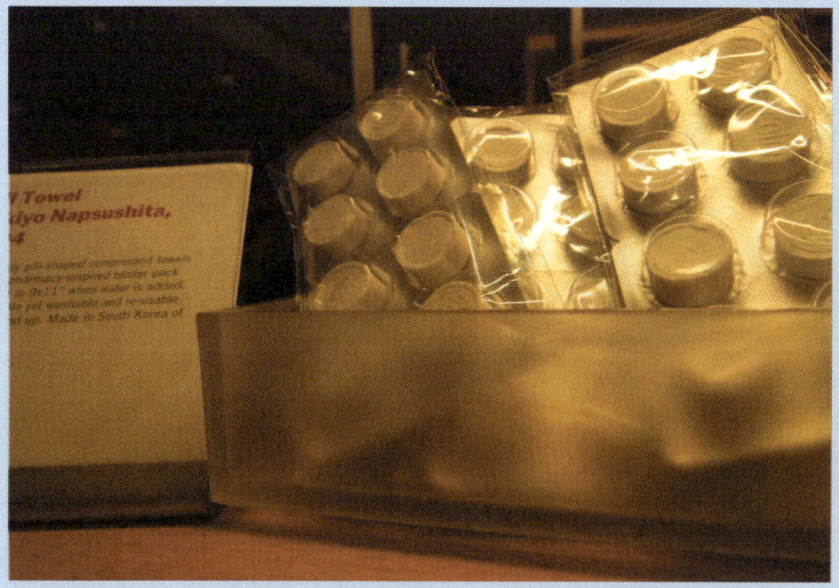

물티슈. 알약처럼 뽑아서 물을 부어 쓴다

포옹하는 소금과 후추통

2 캐럿의 다이아몬드가 빛나는 컵.
컵을 잡으면 다이아 반지를 끼고 있는 듯이 보인다

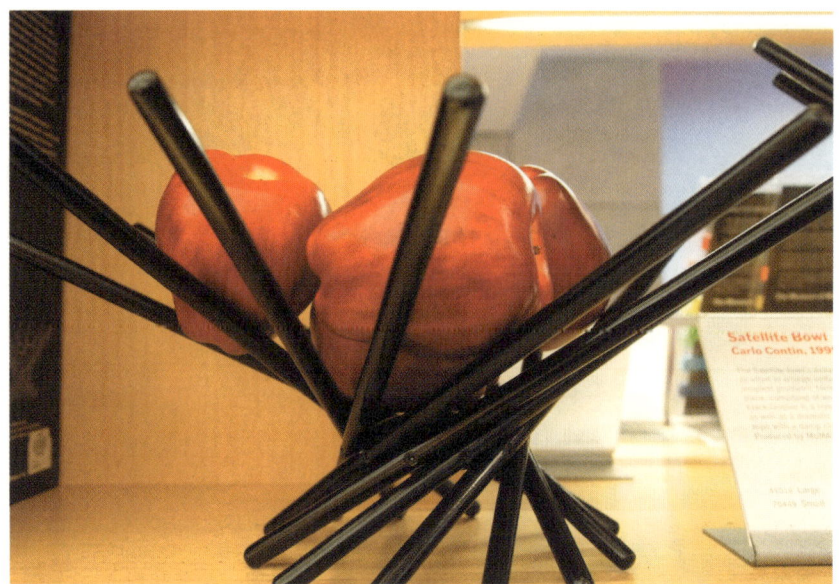

또 다른 과일 바구니

라면 먹을 때 포크와 스푼이 하나로...

말풍선 모양의 접시들...

종이를 구긴 듯한 페이퍼 웨이트

책을 열심히 밀고 있는 책꽂이

클라키 알람. 알람이 울리면서 시계가 방안을 제멋대로 굴러다닌다
잡으려면 일어나야 한다

손바닥 모양의 보울

촛대

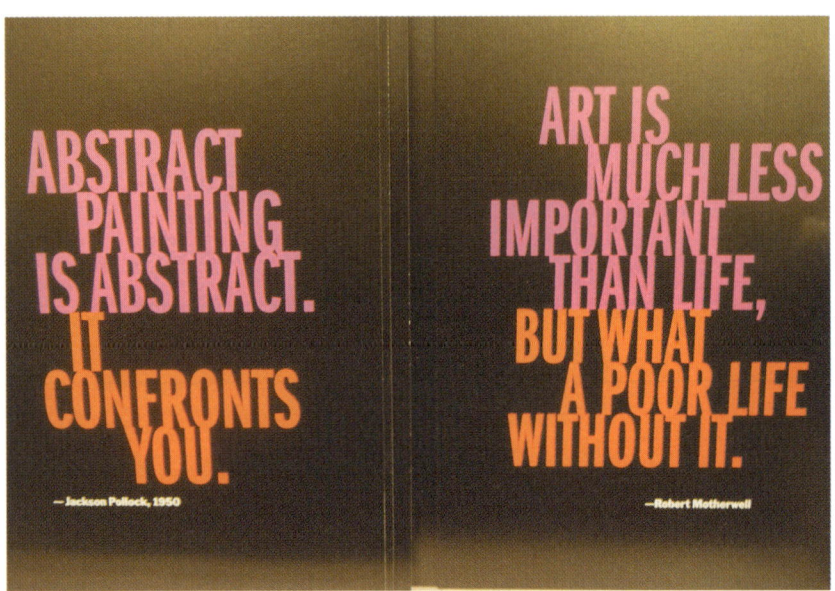

아트와 라이프

열쇠고리. 10년 전에도 MoMA에서 샀는데, 아직도 팔리고 있다

유머러스한 말장난

재치 코드

Part 5
뉴욕, 그리고
마음

01 어리석은 실수 말고, 멋진 실수를 통해 배워라

02 일에서 나오는 생기는 반짝인다

03 죽어있는 통계를 살아있는 사진으로 보여주다

04 즉각적인 커뮤니케이션 vs. 느림의 아름다움

05 뉴욕은 차가운 도시인가?
    - 집단적 오해(Pluralistic Ignorance)

06 달러 지폐의 크기가 왠지 모르게 작아 보일 때

07 열심히 일한 당신, 떠나라

08 좋은 사람을 만나는 것은 신이 내리는 선물이다

09 진짜로 가지고 싶은걸 가져요

10 하느님이 미국 대학에서 '테뉴어(종신보장)'를
    받을 수 없는 이유

어리석은 실수 말고, 01
멋진 실수를 통해 배워라

MoMA **MEMBERSHIP**

belong to something brilliant electr
urious moving breathtaking lasting
nlightening evolving furious reveali
ontemporary powerful simple savv
efreshing colorful introspective soo
formative creative energizing uplif
amatic gigantic beautiful provocat
stinctive satisfying current dynam
terative continuous elevating the
rre monumental bol iginal

흔히, 사진 한 장은 단어 1천개보다 더 힘이 있다고 한다. 그런데 비유의 힘은 더 세다. 하나의 잘 만들어진 비유는 사진 1천장보다도 더 힘이 세다. 비유라는 것은 '개념'을 가장 핵심적이면서 매력적으로 전달하는 도구다. 그만큼 감성을 중심으로 한 우뇌의 힘이 크기 때문이다.

다니엘 핑크는 정보사회 다음에 '개념 사회(Conceptual age)'가 온다고 한다. 좌뇌를 중심으로 한 이성적인 활동에서 우뇌를 중심으로 한 감성적 개념이 더 중요해진다는 것이다. 왼쪽 뇌는 선형적으로 활동한다. 분석에 능하다. 그런데 오른쪽 뇌는 다르다. 감성적인 활동을 한다. 그래서 앞으로 개념 사회에서는 좌뇌만 가지고는 부족하다. '개념 사회'에서는 창조적인 역할이 더 중요하다. 정치든 경제든 사회든 점점 스토리와 디자인이 중요해져서 하이콘셉트(high-concept)가 각광받게 된다. '컨셉'이란 감성과 예술까지 아우르면서 전체를 조망하는 통섭의 능력이다. 인간의 오른쪽 뇌가 주로 관장하는 영역들이다.

그는 저서 '새로운 미래가 온다(A Whole New Mind)'에서, 텍스트 분석을 중점으로 하는 왼쪽 뇌보다, 콘텍스트를 감지하는 오른쪽 뇌를 활성화해야 한다고 역설한다. 우뇌의 능력은 공감(共感)하고 디자인하고 스토리텔링하는 것은 인간이 원초적으로 갖고 있는 능력이다.

이제 일상적이고 틀에 박힌 일의 가치는 점점 떨어지고 있다. 한 예로, 미국에서 별로 싸울 거리가 없는 이혼을 할 때도 변호사 비용이 평균적으로 2천 달러 가까이 든다. 싸울 거리가 없는데도 2천 달러가 들다니, 루틴한 일에 대한 비용 치고는 너무 높다. 그런데 이런 루틴한 일을 쉽게 해결해주는 곳이 있

Belong to something...

vibrant*

inspiri

beauti

playful*

insightful*

classic*

beauti

bracing*

lovable*

다. "completecase.com"이나 "3 step divorce"같은 사이트에 가면 249달러에 이혼이 해결된다. 세금을 처리해주는 "Quick Tax"나 병에 대한 진단을 하는 "Your Diagnosis" 같은 곳도 그렇다. 틀에 박힌 일상적인 업무를 처리해 주는데 필요한 과정은 점점 간단해지고 있다.

'자동화'가 대체할 수 없는 분야는 점점 많아진다. 어느 분야에서든 넓고 큰 시야를 갖고, 큰 그림을 그릴 줄 아는 전문가가 필요해지는데, 이것이 바로 '하이 콘셉트의 능력'이다. '우뇌의 능력'은 앞으로 더욱 각광받을 수밖에 없다.

다니엘 핑크는 단순한 업무에서 벗어나 창조를 하기 위해서 6가지의 능력이 필요하다고 강조한다. 디자인, 스토리, 심포니, 공감, 놀이, 의미의 6가지이다.

우선 디자인 측면에서는 '디자인이 모든 것이다'라는 모토가 결코 과장이 아니다. 비누와 샴푸를 만드는 회사

P&G의 CEO는 이렇게 말한다. "우리가 비누만 만들고 디자인을 안 한다고 보는 건 오해입니다. 우리는 모든 것을 디자인합니다. 소비자들의 구매 경험을 디자인하고, 소비자들과의 커뮤니케이션 경험을 디자인하고, 우리 제품의 사용 경험을 디자인합니다. 우리가 하는 모든 일이 디자인입니다." 단순히 '기능'의 문제가 아니라 '디자인'이 중요하다. 디자인이란 이제 비즈니스의 필수다. 모든 비즈니스는 디자인이란 언어를 읽고 쓸 줄 알아야 한다. 제품이든 서비스든 경험이든, 기능은 기본이고 디자인으로 더 강력하게 호소해야 한다는 것이다.

또한 스토리가 필요하다. 스토리는 주장과 다르다. 주장은 나의 메시지를 일방적으로 전하는 것인 반면, 스토리는 듣는 사람과의 공감을 전제로 전달된다. 스토리텔링이 중요한 이유는 이 시대에 팩트가 너무 넘쳐나기 때문이다. 이 많은 팩트들을 스토리로, 문맥으로 엮어내지 못하면 팩트 자체도 사라진다. 인간은 타고난 이야기꾼이기 때문에 스토리는 영화 산업·게임 산업 등 많은 산업의 기초가 된다.

그리고 '심포니'도 있다. 오케스트라에서 좋은 소리를 내려면 조화가 필요하다. 하나하나 악기가 각자 집중하는 걸 넘어서, 전체가 같이 조화하는 심포니가 되어야 하는 것이다. 그래서 다니엘 골드만은 '큰 그림 사고 (big picture thinking)'을 이야기한다. 전체 그림을 볼 수 있는 능력이 있어야 트렌드를 읽을 수 있다. 그래서 IQ보다 '시각'이 더 중요하다고 보는 것이다.

조화(symphony)란 '큰 그림으로 생각하기'다. 조각들을 맞춰 결합시키고, 큰 그림을 보고, 트렌드와 패턴을 찾는 것이다. 조각을 결합해서 완전히 새로

운 것으로 창조해내는 능력이다. 그래서 이 '심포니' 능력은 아웃소싱하기도 어렵고 자동화하기도 어렵다. 그래서 가장 중요한 요소가 된다.

이 시대는 '심포니'의 능력을 지닌 전문가를 원한다. 좁고 막힌 사고의 전문가를 더 이상 원하지 않는다. 큰 그림을 보지 못 하고 단기적인 이익만 바라보느라고, 좁고 막힌 사고의 전문가가 글로벌 경제 위기라는 재앙을 불러왔다. 따라서 어느 분야에서든 더 넓고 큰 시야를 갖고, 더 큰 그림으로 생각할 수 있는 전문가의 가치가 높아진다.

구글에서는 직원을 채용할 때 '빅 씽커(big thinker)'를 찾는다고 공언한다. 일상적이고 단조로운 일을 할 사람이 아니라 얼마나 크게 보고 생각할 수 있는가를 본다는 것이다. 이런 내용은 구글의 공식 블로그에 나와 있다.

또한 공감(empathy)의 능력이 중요하다. 이것은 다른 사람의 시선으로 보고 다른 사람의 심장으로 느낄 줄 아는 능력이다. 판매나 디자인 모두에 필요하다. 공감하는 능력은 아웃소싱하거나 자동화하기 힘들다. 이를테면 노년층을 위한 디자인이나 제품을 보자. 젊은 디자이너는 일부러 시야가 좁아지는 안경, 민첩성을 떨어뜨리는 장갑을 끼고 체험을 해본다. 그래야 소비자를 위한 진정한 디자인과 진정한 제품이 나온다.

논리만 가지고는 사람을 설득할 수 없다. 공감대를 형성할 수 있는 능력이 없이는 어떤 메시지도 전달되지 않는다. 그래서 다니엘 핑크는 논리가 아니라 공감대를 강조한다. 그리고 늘 진지해서는 새로운 아이디어가 나올 수 없다고 본다. 놀이(play)의 중요성은 그래서 나오는 것이다. 또한 단순한 지식의 축적(cumulation)이 아니라 그 지식의 총합체에 의미(meaning)를 부여하는 작업이 더 가치 있다.

그래서 다니엘 핑크는 정보 사회를 넘어선 개념 사회가 '실용성+의미'의 사회라고 정의한다. 열려 있는 시스템이 닫혀있는 시스템을 이긴다. 단기적으로는 닫혀 있는 시스템 안에서 구성원들끼리 이득을 주고받는 것이 우월한 것처럼 보인다. 하지만 장기적으로 볼 때 닫혀 있는 시스템은 발전할 수가 없다. 열려 있는 시스템 안에서 재능은 또 다른 재능을 끌어들이게 된다. 그렇기 때문에 혼돈의 상태라는 것은 어떻게 보면 그 시스템이 건강하다는 증거이기

도 하다. 모든 것이 닫혀 있고, 끼리끼리 이득을 돌리는 시스템 속에서는 장기적인 발전이 없다는 것이다.

다니엘 핑크의 책들은 세계를 매혹했다. 그가 주창하는 감성과 개념은 논리와 정보 위주의 사회에서 우리가 어떻게 변화하고 나아가게 될 것인가를 보여준다. 핑크는 20대에게 '계획을 세우지 마라'고 주문했다. 왜? "세상은 복잡하고 너무 빨리 변해서 절대 예상대로 되지 않는다. 대신 뭔가 새로운 것을 배우고 뭔가 새로운 것을 시도해보라. 그래서 멋진 실수를 해보라. 실수는 자산이다. 대신 어리석은 실수를 반복하지 말고, 멋진 실수를 통해 배워라." 이것이 그의 주문이다.

일에서 나오는 02
생기는 반짝인다

공직에 오래 있던 분들은 그 공직이 끝나고 나면 빨리 늙는 경향이 있다. 엔돌핀이 돌던 좋은 시절이 끝나고 나서 불러주는 데 없고, 자생력이 없으면 몇 년 안에 빨리 늙는다고 한다. 교수들도 정년퇴임을 하고 나면 몇 년 안에 금방 늙어버리는 경우가 많다.

반면에, 작더라도 자기 사업을 하는 분들은 70이 넘어도 상대적으로 젊어 보인다. 자기 것을 가지고 키워가고, 한시도 긴장을 놓을 수 없기 때문이라고 한다. 그건 사실인 것 같다.

예전에 APEC 회의를 하러 여성경제인협회 회원 30여명과 같이 칠레를 간 적이 있다. 당시 여성경제인협회의 회장님은 75세셨고, 고문을 맡으신 분은 78세셨다. 그런데 그 두 분이 얼마나 젊으신지, 정작 나이를 알고는 너무 놀란 적이 있다. 서울에서 LA, 칠레까지 30시간이 넘는 비행에도 이 두 분은 너무나 멀쩡하셨다. 2주간의 칠레-브라질-아르헨티나 일정이 끝나고 나서 귀국할 때, 이 두 분은 트렁크를 들고 곧장 다시 영국으로 가셨다. 너무나 쌩쌩한 표정으로….

같이 간 여성경제인협회 회원 30여명의 나이도 알고 보니, 거의 원래 나이보다 10년은 젊어 보이는 분들이었다. 그때 깨달았다. 자기 일에 매달리면서 긴장하며 사는 분들은 정말로 젊어 보인다는 것을…. 물론 사업하시는 분들이니 피부관리니 뭐니 해서 비용을 더 쓸 수도 있지만, 그것만으로는 설명되지 않는 반짝반짝하는 생기가 있었다. 자신의 인생을 자신이 컨트롤해온 사람들만이 가질 수 있는 힘찬 생기가 바로 그것이다.

일에서 나오는 생기가 가장 아름다운 생기다.

죽어있는 통계를 ⓸
살아있는 사진으로 보여주다

크리스 조던이라는 사진작가가 있다. 그는 통계수치를 사진으로 형상화하는 작업을 한다. 우리가 대량 소비사회에서 살면서 얼마나 많은 자원을 쓰고 있는지를 시각적으로 보여주는 예술가다. 예를 들어서 하루에 미국인이 피우는 담배의 갯수를 다 모아서 사진으로 보여준다. 멀리서 보면 담배를 피우고 있는 해골의 모습이다. 하루에 사용하고 버리는 종이컵이 얼마나 많은지 통계적으로는 잘 와 닿지 않는다. 그는 그 컵들을 다 차곡차곡 쌓아서 사진으로 보여준다. 하루에 버려지는 휴대폰의 숫자, 휴대폰 충전기의 숫자, 폐차되는 차의 숫자, 이런 것들을 다 사진으로 보여주는 것이다. 매달 새로 감옥에 가게 되는 미국 틴에이저들의 숫자만큼 죄수복을 차곡차곡 개서 사진으로 찍는다. 하루에 버리는 페트병의 숫자, 알루미늄 캔의 숫자 등도 다 작품이 된다.

통계수치일 때는 단순히 숫자에 불과하던 것이, 크리스 조던의 사진으로 재탄생하면 놀라움으로 다가온다. 이렇게 많은 자원을 버리게 되는구나, 하는 환경에 대한 경각심이 일어나는 것이다. 한 장의 그림은 천 개의 단어보다 힘이 강하다는 걸 이 작가가 보여준다. 크리스 조던의 작업은 그래서 흥미롭다.

통계는 대체로 얼굴이 없다. 숫자에 불과하다. 10만 명의 이라크 병사가 죽었다고 하더라도 그건 통계 수치에 불과하다. 하지만 한 명의 이라크 병사가 고통 받으며 죽어가는 모습을 TV 화면에 보여주면, 그건 살아있는 사람의 비극으로 피부에 와 닿는다. 사진 한 장이 말해주는 스토리가 이토록 극적일 수도 있다.

2001년부터 늦게 사진을 시작한 크리스 조던은 원래 직업은 변호사였다고 한다. 그가 작품에 담고 있는 것은 우리가 외면하고 싶지만, 결코 그럴 수 없는 것들에 대한 모습이다.

60,000개의 비닐봉지를 찍은 작품
미국 사람들이 매 5초마다 비닐봉지 하나씩을 소비한다

200만개의 음료수 플라스틱 병을 찍은 작품
미국 사람들이 5분마다 플라스틱 병을 하나씩 소비한다

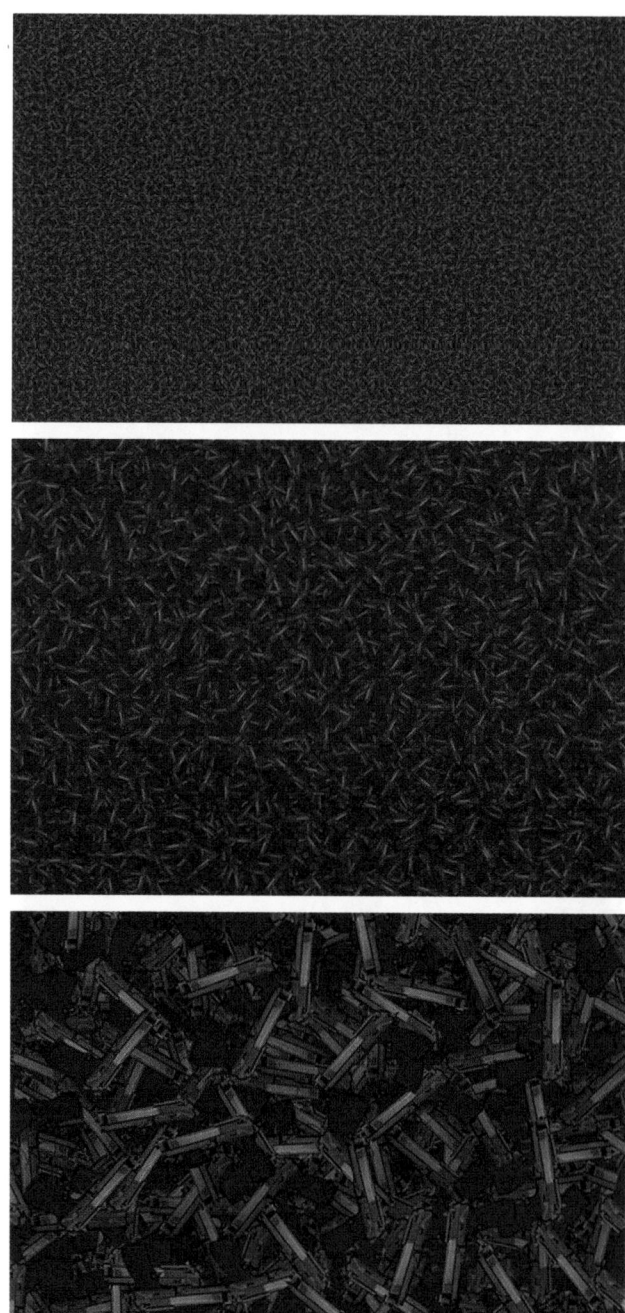

29,569개의 권총
2004년에 권총 사건으로
죽은 사람들의 숫자

2007에 발표한 〈감옥의 유니폼〉
230만개의 감옥 유니폼을 접어놓은
것이다. 2005년에 감옥에 간 사람
들의 숫자

점묘파 쇠라의
〈그랑자트 섬의 일요일 오후〉

106,000개의 음료캔으로 만든 조던의
〈그랑자트 섬의 일요일 오후〉

106,000개의 캔 – 미국에서 30초마
다 소비되는 음료캔의 숫자

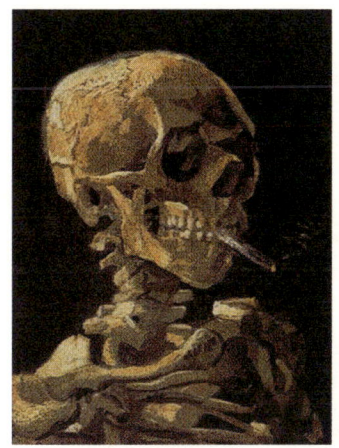
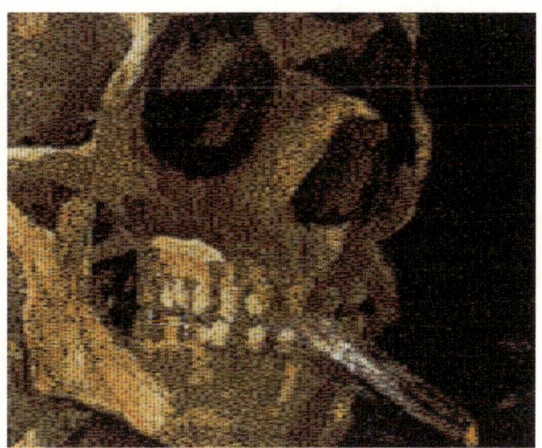

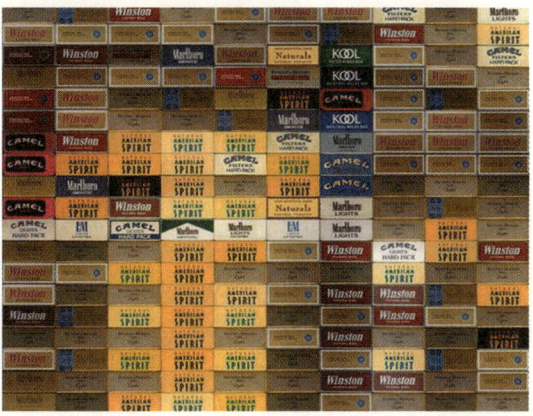

2007년에 발표한 〈담배로 만든 해골〉
반 고흐의 작품에 기초. 20만개의 담
뱃갑을 표현. 이 숫자는 미국에서 6개
월마다 흡연으로 죽는 사람들의 숫자

누군가 말했다. 소통이 자유의 전제가 되고, 공감이 소통의 전제가 된다고. 그런데 커뮤니케이션 없이는 소통도 없고 공감도 없다. 그리고 자유도 없다. 자유로운 소통을 위해서 사람들은 끊임없이 새로운 소통 방식을 개발해왔다. 인터넷이나 휴대폰도 결국은 공감과 소통, 자유로 연결되는 커뮤니케이션을 위한 도구일 뿐이다.

예진에 "나는 걸어다니면서 전자우편을 체크한다"고 자랑스럽게 뽐내는 광고가 나온 적이 있었다. 그 광고를 보면서, 걸어 다니면서까지 전자우편을 체크할 만큼 바쁜 생활이 좋을까, 걸어 다니면서까지 전자우편을 체크하고 싶을까 하는 생각이 들었다. 걸어 다니면서 전화를 하고, 걸으면서 전자우편을 체크하고, 인터넷으로 정보검색을 하는 일이 정말 편리하고 좋기만 한 것일까?

휴대전화와 인터넷 덕분에 이제는 언제 어디에 있든지 외부 세계와 순간적인 접촉이 가능하다. 혼자 있어도 혼자 있는 것이 아닌 세상이 되었다. 휴대폰으로 통화를 하는 본인에게는 상대방이 엄연히 존재하는 '쌍방향의 교신'이지만, 타인의 시선으로 보기에는 군중 속에서 주위와 완전히 단절된 채 혼자서 떠드는 듯한 기이한 상황이 연출된다. 옆에 사람들이 있기는 하지만, 그 사람들과 '같이' 있지는 않은 상태이다. 이런 상황을 가장 정확하게 표현하는 것을 여러 번 들은 적이 있어서 굳이 영어로 옮긴다면, "I am around other people, but not with them."가 된다. 'around'와 'with'의 절묘한 차이를 보여주는 상황이 휴대전화를 매개로 우리 주위에서 종종 벌어진다. 이전에는 이런 상태가 심리적으로 존재할 뿐이었지만, 이제는 물리적이고 현실적인 상황으로 나타난다는 것이 차이점이다.

혼자 있어도 혼자 있는 것이 아닌 세상이 되었다는 점에서 휴대통신과 인터넷은 사람들의 소외감을 어느 정도 해결해준다고 볼 수 있다. 커뮤니케이션을 한다는 사실 자체가 자신의 정체성을 확보하는 방법일 수도 있다. 타인과의 연결을 통해서 자신의 정체성을 확인하는 것이다.

그런데 이런 커뮤니케이션 기술의 발달은 기다림과 느림의 아름다움을 거두어 가는 결과를 낳기도 한다. 유선 전화와 휴대폰의 차이만 보아도 그렇다. 유선 전화만 쓰던 시절에는 상대방에게 전화를 했다가 전화를 안 받으면 응답기에 내용을 남겨두었다. 하루 정도가 지나도록 상대방이 회신을 하지 않으면 전화를 건 사람과 통화할 의사가 없는 것으로 간주할 수 있었다. 의사소통의 의향을 가늠하는 기간이 하루나 이틀 정도는 되었다. 보통 그 정도는 기다릴 마음의 자세가 되어 있었다.

하지만 휴대전화의 숫자가 유선전화보다 더 많은 이 시점에서는 의사소통의 의향을 가늠하는 기간이 훨씬 짧아졌다. 휴대전화로 상대방을 불렀을 때, 전화를 받지 않아서 음성녹음이나 문자메시지를 보낼 수 있다. 상대방이 몇 시간 내에 회신을 보내오지 않으면 전화를 건 사람과 통화할 의사가 없는 것으로 간주된다. 의사소통의 의향을 가늠하는 기간이 몇 시간으로 단축된 셈이다. 이제 '느림'과 '기다림'의 자리는 즉각적인 소통에 의해서 메워져가고 있다. 기다림을 참지 않고 느림을 용인하지 않는 효율성의 문화가 그 자리에 당당하게 들어서고 있는 것이다.

휴대전화를 가지고 사용하는 기능 중에서 10대들이 가장 많이 쓰는 기능이 문자메시지라고 한다. 한 연구에 의하면, 이들이 가장 많이 보내는 문자메시

지는 "어디야?"이고 뒤를 이어서 "뭐해?"가 2위를 차지했다. 이런 메시지를 한번에 평균 열 명 정도에게 동시에 전송한다고 한다. 이 연구의 조사 결과에 따르면, 최고 기록으로 동일한 문자 메시지를 98명에게 전송했다는 학생도 있었다. 문자 메시지를 빨리 치는 대회에서 1위를 한 학생은 1분에 2백타 정도를 치는 학생이었다고 한다.

휴대전화의 문자메시지가 확산되면서, 이제는 글을 '쓰는' 것이 아니라 '치는' 시대가 되었다고 할 수 있다. 문자메시지로 보내는 짧은 글도 '글'이라고 한다면, 글을 '쳐서', '날리는' 행위는 즉각적인 커뮤니케이션 시대에 가장 적절한 방식일지도 모른다. 글쓰기의 방식도 어쩔 수 없이 달라지는 것일까. 이런 방식은 기존의 글쓰기를 대체하지는 않겠지만, 새로운 형식과 간편한 유통구조를 가졌다는 장점으로 인해서 기존의 글쓰기나 커뮤니케이션 방식을 보완할 수도 있다.

문자메시지가 가지는 커뮤니케이션은 즉시성이 강렬하다. 문자메시지는 언제 어디서나 메시지가 당도했다는 것을 알리는 신호음과 함께 지체 없이 내용을 확인할 수 있다. 즉각적인 커뮤니케이션이 가능하다는 것은 자유와 통제의 기제가 동시에 상승된다는 것을 뜻한다.

'자유'라는 측면에서 본다면, 개인과 개인의 접속이 거의 무제한적으로 가능해졌고, 집단이 가지고 있던 '문지기' 기능이 그만큼 약화되었다. 유선전화만 쓰던 시절에는 한 회사에 속한 사람이 다른 회사에서 일하는 사람에게 전화를 할 때 물리적으로도 집단과 집단이 가진 경계선을 넘어야 했다. 어떤 사람과 통화를 하기 위해서 누구를 바꿔달라고 이야기해야 한다면, 집단이 가

진 경계선이 개인보다 훨씬 강한 것이다. 이런 경우에는 개인의 존재란 한 집단이 가지는 영역에 의해서 보이게, 또는 보이지 않게 규정되는 부분이 컸다.

하지만, 휴대전화가 점점 더 큰 비중을 가지기 시작하면서, 이러한 집단과 집단 사이의 경계는 더 이상 개인을 규정짓지 못 하게 되었다. 개인과 개인은 집단이라는 벽을 넘지 않고도 서로 소통할 수 있게 되었고, 더 이상 커뮤니케이션을 하기 위해서 다른 사람을 문지기로 거쳐야 할 필요가 없게 되었다. 개인을 둘러싸고 있는 집단의 경계가 희미해지고, 한 사람 한 사람의 개인이 더 강조되는 구도가 된 것이다.

'통제'의 부분은 내가 커뮤니케이션을 할 것인가 말 것인가를 결정할 수 있는 측면과, 남이 내 커뮤니케이션을 통제할 수 있는 측면으로 나눌 수 있다. 비유를 하자면, '프라이버시'라는 개념이 내 정보를 남에게 유출하지 않을 권리와, 다른 사람이 나를 귀찮게 하지 못 하도록 하는 쌍방향적인 측면을 동시에 지니고 있는 것과 같다. 내가 스스로 커뮤니케이션을 하고 싶지 않다고 느낄 때, 그것을 실천하는 가장 간단한 방법은 휴대전화를 꺼두는 것이다. 수신 자체를 거부함으로써 내가 가진 커뮤니케이션 채널을 '통제'하는 것이다. 발신자 정보 서비스를 통해서 전화벨이 울릴 때 누구의 전화를 받을 것인가를 결정할 수 있는 것도 내 스스로 결정하는 통제의 새로운 한 부분이다.

반면에, 내가 어디서 무엇을 하고 있는가를 다른 사람이 알고 통제할 수 있다는 것은 '통제'의 또 다른 측면이 된다. 전화를 오랫동안 꺼놓은 상태, 전혀 커뮤니케이션이 안 되는 상태가 오래 지속된다면, 이제는 자신이 스스로 본인의 커뮤니케이션을 통제하는 단계를 지나서 다른 사람의 통제가 가능해지

는 단계가 되어 버린다. 즉각적인 커뮤니케이션에서 자유와 통제는 동시에 높아지는 특성을 가지고 있다. 자유를 많이 누리는 만큼 통제의 가능성도 높아진다.

앞으로는 현실보다 더 현실 같은 '하이퍼 리얼리티'가 형성될 것만은 분명하다. 어쩌면 현실세계보다 더 현실 같은 커뮤니케이션의 편재가 이루어질 것이다. 광고에 표현되는 세계는 실제 현실보다 더 아름답고, 고통도 없고, 문제가 있다 하더라도 광고에 나타난 상품을 소비함으로써 쉽게 사라질 수 있는 것으로 그려진다. 이런 세계를 '하이퍼 리얼리티'라고 한다면, 이를 추구하는 것을 좋고 나쁘다는 잣대로 잴 수는 없다. 현실에서 이룰 수 없는 아름다움을 잠시 보는 것으로 지금 곁에 있는 일상의 덫에서 빠져 나갈 수 있다면 말이다.

앞으로 이 세상 어디서나 순간 접속이 가능해지면 "도대체 지구상에 숨을 곳이 없다"는 불평과 두려움도 현실로 다가오게 될 것이다. 휴가 때 모래사장에서 맨발로 쉬면서 전화나 인터넷을 통해서 회사의 회의에 참석할 수 있다는 것이 편한 점도 있지만, 그만큼 세상이 사람을 가만 두지 않는다는 이야기도 된다. 통신을 통해서 소외감에서 벗어날 수는 있지만, 지나치게 편리한 통신은 소외감을 없애는 정도에서 그치지 않고, 사람을 묶어둘 수도 있다. 느림과 기다림의 아름다움을 간직하면서 즉각적인 커뮤니케이션의 편리함만을 살릴 수는 없을까?

뉴욕은 차가운 도시인가? 05
– 집단적 오해 (Pluralistic Ignorance)

뉴욕시에서는 캐서린 제노비스라는 20대 여자가 노상강도에게 살해당한 사건이 있었다. 뉴욕시에서의 강도사건이란 신문에 크게 보도되지도 않을 정도로 흔한 일이지만, 제노비스의 경우는 색다른 이유 때문에 큰 사회적 반향을 불러 일으켰다. 제노비스는 노상강도에게 순식간에 살해된 것이 아니라 무려 40분 동안이나 길거리와 공공장소로 끌려다니면서 위협을 받다가 무참한 변을 당했다. 40분 동안 공공장소에서 많은 사람들이 보는 가운데 칼로 위협을 받는데도 불구하고 아무도 경찰에 전화를 걸지 않았다는 점에서 놀라운 사건이었다.

이를 두고 뉴욕 타임즈 등의 신문들은 "차가운 사회", "무감각한 시민정신", "인간성의 소실"이라는 헤드라인으로 사회를 비판하는 기사와 칼럼을 앞 다투어 실었다. 하지만 심리학자들은 '집단적 오해'라는 개념으로 그 사건에 대해서 다른 해석을 내리기도 했다. 반드시 시민정신의 소실 때문만은 아닐 수도 있다는 견해였다. 누군가 다른 사람이 이미 경찰을 불렀을 거라는 추측이 다수를 차지했기 때문에 아무도 경찰을 부르지 않은 비극적인 결과를 낳았다는 해석이었다. 공공장소에서 많은 사람들이 이런 사건을 지켜볼 경우 개개인이 느끼는 '의무감'은 아주 작아진다.

'집단적 오해'는 사회심리학에서 많은 초점을 받아온 개념이다. 어떤 사회적 상황에서 다수의 의견이 소수로 잘못 비쳐지거나 소수의 의견이 다수로 오인되는 경우를 가리킨다.

예를 들어서 길거리에 쓰러져 있는 사람이 하나 있다고 하자. 그러면 그 곁을 지나가는 사람들이 쓰러진 사람들을 보면서도 그냥 가버린다. 그렇다고 꼭 남을 도우려는 마음이 부족해서만은 아니다.

"내가 아니라도 이렇게 많은 사람들 중에서 누군가 돕겠지. 누군가 덜 바쁜
 사람이 구급차를 부르겠지."

이렇게 생각하면서 쓰러진 사람을 지나치게 되는 것이다. 하지만 실제로
모든 사람이 이런 생각을 가진다면 아무도 구급차를 부르지 않게 된다. 자신
은 길거리의 많은 사람들 중에서 아주 바쁜 '소수'에 속한다는 생각을 했지
만, 실제로 거리의 모든 사람들이 자신을 바쁘다고 여길 때 '집단적 오해'가
일어난다. 쓰러진 사람이 아파서 쓰러졌는지, 길거리의 거지가 자고 있는 건
지 확실치 않은 상황에서는 구급차를 부르는 액션을 취하는 사람의 숫자가
더 적게 마련이다.

또한 상황 자체가 애매모호할 때는 '집단적 오해'가 더 일어나기 쉽다. 길
거리에서 남녀가 싸우고 있다고 하자. 남자가 여자를 때리는 경우라 하더라
도 선뜻 나서서 말리는 사람이 없다면, 이 또한 '집단적 오해'일 수가 있다.
설령 인신매매범이라 하더라도 "부부싸움에 끼어들지 마라"는 한 마디로 남
의 간섭에서 자유로울 수 있는 풍토라면 더 심하다. 싸우고 있는 남녀가 부부
사이인지 애인 사이인지, 아니면 인신매매범과 납치된 여고생인지 확실하지
않은 상황에서는 불쑥 끼어들기를 꺼리게 된다. 그러면서 "누군가 이 상황을
더 잘 아는 사람이 나서서 해결을 하겠지"라는 생각을 하게 된다. 혼자만 이
런 생각을 한다고 믿겠지만, 실제로는 모든 사람들이 다른 사람들의 행동을

주시하면서 똑같이 믿고 있는 상황이기가 쉽다. 이런 '집단적 오해' 때문에 위급한 상황에 처한 사람이 도움을 받지 못 하게 되기도 한다.

'집단적 오해'는 공공장소에서 낯선 군중이 모여 있을 때 가장 발생하기가 쉽다. 상황의 불확실성과 커뮤니케이션의 부재가 '집단적 오해'를 낳게 된다. 제노비스 사건 후에는 공공장소에서 도움을 청해야 할 경우, 불특정 다수를 향해서 막연히 "도와주세요"라고 소리치지 말고 특정한 사람을 가리키면서 "경찰에 신고해 주세요"라고 요청하라는 안전수칙도 나왔다. 특정한 사람을 지목하면 적어도 그 사람은 의무감 때문에라도 행동을 취하게 된다는 것이다.

창피를 당할까봐 두려워하는 마음 때문에 '집단적 오해'가 일어난다는 분석도 꽤 설득력을 발휘한다. 많은 경우, 위급 상황은 상황 자체가 위급인지 아닌지 분명하지 않다. 그래서 위급 상황이 아닌데 혼자서 과잉반응을 하는 건 아닌가 하는 우려 때문에 그냥 지나가게 되기도 한다. 자신이 느끼는 대로 행동하기를 두려워하는 심리 때문에 다수의 의견이 소수로 오인되는 경우가 많이 생긴다는 것이다.

'의견'이란 자신과 남의 사회적인 관계에서 많은 영향을 받는다. 그 '의견'이 자신에 관한 자아평가건, 다른 사람에 대한 평가건, 사회적인 상황이나 이슈에 관한 의견이건 간에 그 사람이 처한 '사회심리적 배경'이 중요한 역할을 한다. 말하자면 사회적 상황이 없는 진공상태에서 개인의 의견이 형성되지는 않는 것이다. 개인의 사회적 계층, 만나는 사람들과의 관계나 밀착도, 중요하게 생각하는 '준거집단'의 의견 등이 모두 개인의 '의견', 나아가서는 '여론'을 형성하는데 영향을 미친다.

달러 지폐의 크기가
왠지 모르게 작아 보일 때

미국인에게 이런 증상이 나타났다면 그 미국인은 분명 한국에 너무 오래 산 거라고 한다.

You know you've been in Korea too long if

1. You don't mind paying more for coffee than dinner
→ 커피 값이 저녁 값보다 비싸도 이상하지 않을 때

2. A roll of toilet paper at the dinner table doesn't bother you
→ (화장실용) 두루마리 휴지가 식탁에 올라와 있어도 아무렇지 않을 때

3. You like to cut your noodles with scissors
→ 면을 가위로 잘라먹을 때

4. You say "o-rai, o-rai" when your helping your buddy back up his car
→ 친구가 차를 뺄 때, "오라이~ 오라이~"라고 말하고 있을 때

5. You hate Japan for no apparent reason
→ 일본이 아무 이유 없이 싫어질 때

6. You bow to all of your white friends

→ 모든 친구들과 고개 숙여 인사를 하게 될 때

7. You look for a Lotteria when you're in Minnesota

→ 미네소타에 가서 롯데리아를 찾고 있을 때

8. You start wearing slippers in the office and think it is ok

→ 사무실에서 슬리퍼를 신으며 그게 아무렇지도 않다고 생각할 때

9. Your wife reaches her 40s and you expect her to be permed and wear unmatched clothes and anklets

→ 마누라가 40대가 되었으니 머리에 퍼머하고 안 어울리는 옷과 발목까지 오는 양말을 신을 거라고 생각될 때

10. Whenever you are surprised you say "ai-go"

→ 나도 모르게 놀라면서 "아이고"라고 할 때

11. You are honked at and you call the driver a "ya,iee sekiya"

→ 운전하다가 나에게 누가 경적을 울리자, "야, 이 새끼야"라고 소리칠 때

12. U.S. dollars look small in physical size

→ 달러 지폐의 크기가 왠지 모르게 작아 보일 때

13. You find yourself sucking air through your teeth when a
   shopkeeper offers you their "best price"

→ 점원이 "제일 싼 가격"을 제시한다는데 못 믿겠다는 표정이 지어질 때

14. You can pronounce "hyundai" correctly

→ Hyundai를 "현대"라고 발음할 수 있게 될 때

15. You stop reacting when you walk in the Men's Room and the
   cleaning lady is in there

→ 남자화장실에 청소하는 아줌마가 있는데도 아무런 느낌이 없을 때

주5일제 근무를 하게 되면서 여가 시간이 많아지면 사람들은 그 시간을 어떻게 쓸까? 한 경제연구소의 분석에 따르면, 처음에는 이틀간의 여가를 어떻게 잘 놀까 고민을 한단다. 지금까지 가지지 못 했던 새로운 생활 방식에 익숙해지기 위해서 노력한다는 것이다. 〈주말의 달인〉 〈주말형 인간〉같은 책을 보면서 열심히 주말을 잘 보낼 연구를 한다. 그러다가 어느 정도 시간이 지나면 이틀간의 여가 중 하루 정도는 다시 새로운 일을 하면서 돈을 벌 방법을 찾게 된다고 한다. '투잡스 족'이 나오기 시작한다는 것이다. 이틀을 다 놀지 않고, 여가를 또 반으로 나누어서 쉬는 것 반, 일하는 것 반으로 일상생활을 정리하는 사람들이 늘어날지도 모른다. 놀기만 하자니 시간이 좀 아까운 생각이 드는 것이다. 주 5일제 근무가 당연한 것으로 정착된 미국에서는 이미 일상화된 현상이기도 하다. 여가 시간이 많아지면서 필요에 의해서 '투잡스 족', '쓰리잡스 족'이 많아질 수도 있다. 새로운 일을 찾지는 않더라도, 자기 계발을 위해서 투자하는 시간을 늘릴 수도 있다.

역사적으로 기술이 발전하면서 인간의 여가 시간은 점점 늘어났다. '무어의 법칙'은 컴퓨터의 정보처리용량이 18개월마다 두 배가 된다고 예언했다. 아직까지는 그 예언이 맞아 떨어지고 있다. 그런 과학 기술의 발전 덕분에 우리의 일상생활에서도 많은 시간이 절약되고 있다. 꼭 해야 되는 일에 들어가는 시간이 줄어들면, 남은 시간을 이용해서 또 다른 일을 효율적으로 하거나 여가 생활을 즐기게 된다.

미국의 미디어 랩이 내놓은 보고서를 보면, 앞으로 20년 안에 산업의 50퍼센트가 여가와 오락 산업이 된다고 한다. 여가를 즐겁게 보내고, 있는 시간을 즐길 수 있는 문화 산업이 대부분을 차지한다는 것이다. 그리고 사람들은 새로운 경험을 축적하기 위해서 돈과 시간과 노력을 쏟아 붓게 된다. 여행 산업이나 영화, 음악, 전시회와 같은 예술이 우리 생활에서 차지하는 비중이 상상을 초월할 정도로 높아지게 된다고 한다.

사실 휴가 때 여행을 가는 것은 그동안 피로했던 몸과 마음을 쉬기 위해서이기도 하지만, 새로운 경험을 축적하기 위해서이기도 하다. 이때까지의 일상과는 다른 경험, 색다른 일상을 맛보기 위해서 떠나는 것이다. 그리고 새로운 경험을 축적하기 위해서는 비용이 든다. 파리의 에펠탑 꼭대기에서 커피한 잔에 10달러를 내고 마시는 것은, 새로운 경험을 축적하기 위해서 지불해야 하는 비용이다. 해외여행을 '패키지 투어'로 하게 된 것도 그리 오랜 일은 아니다. 새로운 경험을 위해서 비용을 기꺼이 지불하려는 사람들이 많아졌기 때문에 가능한 일이다.

미래의 여가 시간은 이런 새로운 경험을 축적하는 것으로 채워질 전망이다. 그리고 그 경험이라는 것이 반드시 특정한 장소에 힘들게 비행기를 타고 가야만 얻을 수 있는 것도 아니다. 사이버 세상에서, 홀로그램으로, 3D 기술을 통해서 우리 집 거실에 앉아서도 에펠탑 꼭대기에서 커피를 마시는 것과 같은 경험을 하게 된다는 것이다.

이런 경험의 축적을 가능하게 하기 위해서 과학 기술은 발전할 것이고, 사람들은 기꺼이 비용을 지불하게 된다. 그리고 그런 경험을 더 즐겁고 감칠맛나게 만들기 위한 컨텐츠 개발 산업이 붐을 이루게 될 것이다. 이 과정에서는 문화 산업, 여가 산업, 예술에 관련된 컨텐츠 산업이 상상을 초월하는 규모로 커질 수밖에 없다.

좋은 사람을 만나는 것은 08
신이 내리는 선물이다

"내가 대학 심리학 교양수업에서 배운 한 가지 교훈이 있다.
'누군가 처음에는 당신을 엄청나게 싫어하다가
나중에 좋아하게 되었다면,
그 사람은 처음부터 끝까지 당신을 좋아했던 사람보다
더 많이 당신을 좋아하게 된다.'
이 말은 분명한 요점을 담고 있다.
치열한 경쟁적인 에너지는
강력한 제휴관계로 변화될 수 있다.
그리고 맹렬히 화를 냈던 고객일수록
당신 제품의 가장 열렬한 팬이 될 수 있다."

– 줄리 빅, '경영 잘하는 법, 마이크로소프트에서 배운다'에서

"좋은 사람을 만나는 것은 신이 내리는 선물이다.
그 사람과의 관계를 지속시키지 않는 것은
신의 선물을 내팽개치는 것이다."

- 데이비드 팩커드 (휴렛 팩커드 공동 창업자)

진짜로 가지고 09
싶은걸 가져요

'트렌드'라는 말은 영어지만 이제 흔히 쓰는 단어가 되었다. 세상이 워낙 빨리 바뀌다 보니 트렌드를 제대로 짚지 못 하면 적응이 힘들어진다. 모임이건 상품이건 사람이건, 끌리는 데는 다 이유가 있게 마련이다. 매력이 있어야 사람들이 모여든다. 매년 언론사나 경제연구소가 선정하는 '히트상품'을 보면 트렌드를 알 수 있다.

히트상품으로 선정된 목록을 자세히 들여다보면 소비자들이 무엇을 원하는가를 알 수 있다. 경제적 불안감을 갖고는 있지만, 생활 속에서 재미를 찾고자 하는 노력을 매우 적극적으로 한다. 오락은 더 이상 사치재가 아니다. 재미있는 오락을 위해서는 돈과 시간을 들인다. 꼭 대의명분이 필요하지는 않다. 영화만 해도 그렇다. 7천원을 투자해서 가장 즐거움을 주는 영화면 되는 것이지, 제작비가 천문학적으로 들었다든지 감독이 유명하다는 게 관객들에게 중요하지는 않다.

히트상품을 통해서 본 소비의 트렌드는 자기표현의 문화, 기분 전환을 선사하는 오락, 그리고 새로운 기술로 삶을 편리하게 해주는 것들이다. 사람들은 생활의 질을 향상시키고, 즐기면서 살고 싶어 한다. 이성적인 소비와 감성적인 여가 생활을 동시에 추구하는 것이다. 그 원칙에 도움이 되는 상품이면 히트상품의 대열에 낄 자격을 부여받는다.

결혼에 대한 젊은 층의 생각도 많이 바뀌었다는 최근 조사 결과가 나온다. 돈을 많이 버느라 시간이 전혀 없는 직업보다는 좀 적게 벌어도 여가를 같이 보낼 수 있는 배우자를 원한다는 것이다. 반드시 결혼을 할 필요가 없다고 생각하는 젊은 층도 많다.

자신의 삶을 즐겁고 행복하게 살고 싶다는 욕망이 적극적으로 표출되는 것이 트렌드에 보인다. 행복하게 살고 싶다는 이기적인 욕망을 표출하는 데 주저하지 않는다. 내 삶은 내가 산다는 자신감, 그리고 즐거움을 추구하면서 살겠다는 의지가 보인다.

'자우림'의 '매직 카펫 라이드'라는 노래에 이런 구절이 나온다. "인생은 한번뿐 후회하지 마요, 진짜로 가지고 싶은걸 가져요" 진짜로 가지고 싶은걸 가지기는 힘들지만, 가져볼 엄두도 못 내고 살기 쉽다. 내년에는 자신의 행복을 위해서 정말 무엇을 하고 싶은지 '가지고 싶은 인생' 목록을 한번 만들어 볼 일이다.

하느님이 미국 대학에서 ⑩
'테뉴어(종신보장)'를 받을 수 없는 이유

미국의 클리블랜드 주립 대학에서 내가 교수로 있을 때, 교수들 사이에서 농담처럼 주고받던 이야기가 있다. 하느님이 미국 대학에서 '테뉴어(종신보장)'를 받을 수 없는 이유에 관한 것이다. 그 이유는 이렇다.

1. 하느님의 연구업적으로는 딱 한 권의 저서 밖에 없다.

2. 그 저서를 본인이 직접 썼는지 의심하는 사람들도 있다.

3. 그 저서의 뒷부분에는 참고문헌이 하나도 없다.

4. 하느님의 실험(천지창조)을 재연(replication)할 수 있었던 학자가 그 후에 한 명도 없었다.

5. 실험을 한 후에 일이 생각대로 잘 돌아가지 않자 실험 참가자들을 물에 빠뜨려 죽이려 했다(노아의 홍수).

6. 실험을 하기 전에 '실험윤리위원회(Human Subject Committee)'의 인가를 받지 않았다.

7. 학생들과의 의무 상담시간(office hour)을 거의 갖지 않았다.

8. 상담 시간을 가질 때도 주로 산꼭대기 위에서 했다.

9. 어떤 때는 아들을 내보내서 대신 수업을 가르치게까지 했다.

이것은 종교적인 농담이 아니다. 미국 대학에서 종신보장을 받기가 그만큼 힘들다는 현실을 역설적으로 표현한 것이다. 미국 대학에서 종신보장을 받기 위해서 연구를 하고, 그 결과를 학교에서 심사받는 과정이 워낙 힘들기 때문에 나온 유머다. 이런 유머가 큰 공감대를 형성할 만큼 미국 대학은 테뉴어 심사 과정이 치열하고 깐깐하다. 그런데 이 유머는 종신보장을 받는 것이 너무 힘들다는 푸념만이 아니다. 질보다 양을 중요시하면서 업적을 심사하는 제도의 부작용에 대해서 지적하는 유머이기도 하다.

미국의 대학 사회에서 교수들은 기본적으로 두 개의 시장에서 경쟁을 한다. 첫 번째는 진입 시장이다. 대학에서 박사학위를 받고 나면 대학교수로 가기 위해서 진입 시장을 뚫어야 한다. 두 번째로는 종신보장을 받기 전후에 다른 대학으로 가는 경력 시장이 있다. 그동안의 연구 업적을 가지고 더 좋은 대학으로 스카웃되어서 가는 것이다. 이 과정에서 업적

이 뛰어난 스타 교수는 다른 학교에서 높은 연봉으로 채용 제의를 받는다. 그 제의를 받아들이면 몸값이 올라간다. 현재 있는 학교에서 그 교수를 놓치기 싫다면 상대 학교보다 더 좋은 조건을 제시해야 한다. 그런 경우, 학교를 옮기지 않고도 연봉이 두 배로 올라가기도 한다.

신성한 학문의 장에 '몸값'이니 '시장'이 웬 말인가 하겠지만, 대학도 그렇게 철저하게 자본주의적인 경쟁 논리를 가지고 움직인다. 시스템이 그렇게 되어있다. 그래서 같은 연도에 시작한 교수라도 업적에 따라서 연봉은 천차만별이다. 그런 시스템이 미국 대학의 경쟁력을 만들어내고 지속시킨다.

우리나라의 대학은 교수 시장이 거의 진입 시장 하나 뿐이다. 진입 장벽은 높지만, 한번 진입하면 비교적 안정적이다. 재임용 절차가 예전보다 강화되었다고는 하지만, 재임용 탈락 비율은 낮다. 재임용에 몇 명이 떨어졌다는 것이 신문 기사가 될 정도다. 경력 시장에서 엄격하게 업적에 따라서 새로 경쟁할 장이 없다. 업적을 쌓아서 경쟁할 곳이 없고, 경쟁할 필요도 별로 없으니 장기적으로 볼 때는 전체적으로 침체가 된다. 어느 사회나 마찬가지지만, 경쟁만 있고 경쟁력이 없는 것은 문제다. 하지만, 경쟁 시스템이 마련되어 있지 않으면 경쟁력도 없어진다.

Part 6
뉴욕, 그리고
생각 하나

01 말을 거는 뉴욕

02 생각만으로도 행복해지기

03 중독과 몰입

04 인생은 공평하지 않다

05 행운을 부르는 여덟가지 습관

06 고통 없이 얻는 것도 없다

07 뉴욕에서 광화문 글판을 생각하다

08 돌아본 뒤에야

09 포도주는 물 속에 갇힌 햇빛

10 여자가 남자를 고를 때 주의해야 할 31가지

뉴욕의 간판과 버스의 광고들은 말을 건다. 여기가 뉴욕이라고…. 뉴욕의 중국 거리를 지나가도 뉴욕의 간판은 '여기가 뉴욕' 이라고 말을 한다.

Edible Arrangement. 이름이 참 특이하다. 음식을 예쁘게 차리는 것이 대세인데, 여기서 나아가서 아예 이런 이름도 나왔다. 재치 있는 가게 이름이다. 우리나라에도 재치 있는 가게 이름은 많다. '까끌래 보끌래' (미용실), '돼지가 웃통 벗는 날' (고깃집), '태풍이 불어도 철가방은 간다' (중국집), '샤론술통' (주점), '복 (福) 떡방' (떡집), '찜하고 회뜰날' (횟집)

재치코드는 뉴욕의 간판 여기저기서 볼 수 있다. "당신이 빨리 주차를 할수록, 당신은 주차를 해야 된다는 생각에서 벗어날 수 있습니다." 파킹 회사의 광고 문구다. 그냥 무심하게 '주차장'이라고 써놓는 것보다 얼마나 재치 있는가? 어느 술집에 붙여놓은 문구가 생각난다. "지나친 음주는 감사합니다."

광고에 반드시 유명 연예인이 등장할 필요는 없다. 재치코드는 연예인 몸값을 대신할 수 있는 창의력이다. 미국의 광고는 재치코드가 대세다. 천편일률적인 연예인 등장은 보기 힘들다. 한 온라인 커뮤니티 게시판에 올라온 글이 떠오른다. "남친이 훈남이면 부담되고 불안하지 않으세요? ㅠ"라는 글에 "훈남 아니어도 불안함. 못 생긴 게 감히 날 배신할까봐"라는 댓글이 달렸다.

미국드라마에는 명대사가 많다. '프렌즈'의 시즌1 "Where Ross Finds Out"에서 레이첼이 명대사를 한다. 데이트 중에도 로스 생각만 하게 되는 레이첼. 이렇게 말한다. "그를 이제 잊고 싶어요. 제발... 완결. 바로 그거예요." ("I just want to get over him. gosh... Closure. That's what it is.") 누군가를 잊고 싶어 하지만, 노력할수록 더 떠오르는 기억, 그런 걸 누구나 경험하지 않나?

NBC 스튜디오 앞의 모니터들

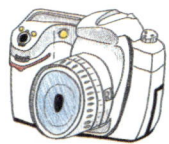

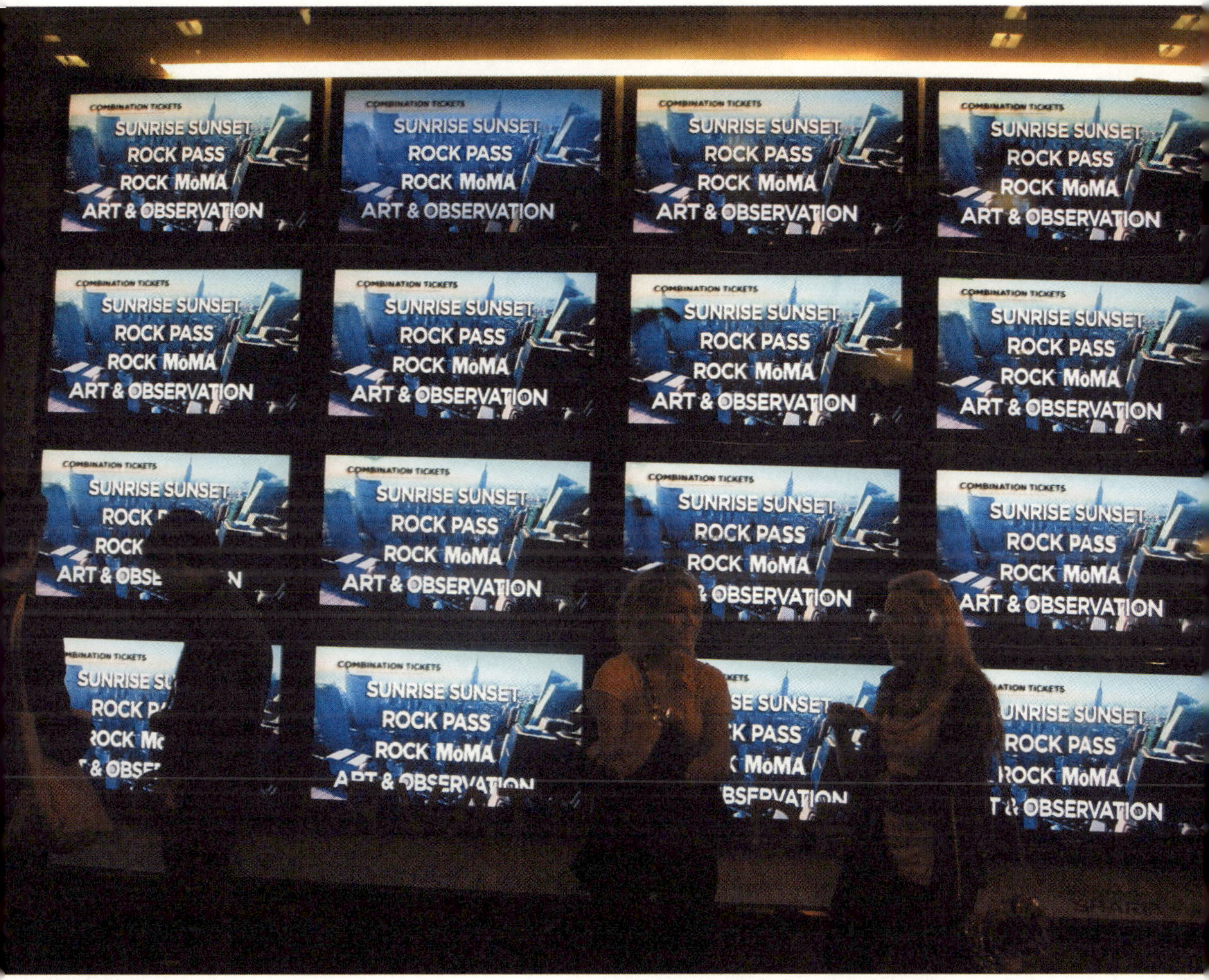
COMBINATION TICKETS
SUNRISE SUNSET
ROCK PASS
ROCK MoMA
ART & OBSERVATION

ART
MU
IMPOR
THA
BUT V
A P
WITH

ABSTRACT
PAINTING
IS ABSTRACT.
IT
CONFRONTS
YOU.

—Jackson Pollock, 1950

ABSTRACT
PAINTING
IS ABSTRACT.
IT
CONFRONTS
YOU.

—Jackson Pollock, 1950

CH LESS
ANT
LIFE,
AT
OR LIFE

TRACT
UNTING.
BSTRACT.

FRONTS
YOU.

ch, 1950

ART IS
MUCH LESS
IMPORTANT
THAN LIFE,
BUT WHAT
A POOR LIFE
WITHOUT IT.

"예술은 인생보다 중요하지 않다. 하지만 예술 없는 인생은 얼마나 가련한가!" 멋진 제목이다. "중앙 미술은 추상적이다.
그것은 당신에게 맞선다." 어느 골프장 앞에서 본 문구가 생각난다. "Golf is serious. Life is a game."

맞다. 미술 작품이다.

미술관에 있는 책방에는 정통 미술 서적들도 많지만,
재치 있는 제목의 유머러스한 책들도 많다.

I

A M

S T I

A L

I AM STILL ALIVE:
POLITICS AND EVERYDAY LIFE IN CONTEMPORARY DRAW...

In 1970, artist On Kawara sent a series of telegrams to his Dutch g...
proclaiming, "I am still alive." For two months in 1976, artist Cengi...
stamped "I am still alive today" in his small diary each night, a res...
to increasing military tension in his native Turkey. And, more re...
artist Danh Vo acquired and exhibited the chandelier from the f...
ballroom of the Hotel Majestic in Paris, where the Paris Peace A...
was signed in 1973, ending the Vietnam War—an event that led...
artist's exile from his native Vietnam two years later. In all three...
the simplicity and austerity of the artworks belie the complexity...
realities—political upheaval, displacement, a human life, and langu...
of protest—that inspired them and that render them politically rel...
and emotionally resonant.

    This exhibition takes these works by Kawara, Çekil, and Vo as sta...
points from which to examine how artists have registered urgent, vi...
and far-reaching political affairs and profound human emotions—m...
suffering, illness, and death—through gestures that may at first ap...
slight. Some of the works require the active engagement of the vi...
simply to be legible, others transmit their origins directly, affor...
moments of sudden revelation. Many of the more recent projects con...
the everyday, simply attesting to the existence of a world full of...
and conflict and acknowledging the artists' involvement in it. Often...
through the simplest of gestures—such as writing and drawing—...
the most intimate aspects of an artist's life come to the fore. Somet...
these gestures are the result of a particular personal experience, and ot...
times they are simply a response to unconnected events; but all of th...
assert their makers' existence in the world.

The exhibition is organized by Christian Rattemeyer, The Harvey S. Shipley Miller Associa...
Curator of Drawings, with Moira Lynch, Curatorial Assistant, Department of Drawings.

The exhibition is made possible by Lawrence B. Benenson.

현대미술에는 글자와 문구가 많이 등장한다.
그림만이 미술이 아니라는, 글도 미술이라는 시도를 많은 작가들이 하고 있다.

타임스퀘어의 광고판들은 24시간 '여기가 뉴욕' 이라고 외친다.
더 크게, 더 선명하게 외쳐야 살아남는다는 절박함이 보인다.

길거리에 서있는 사람을 손으로 잡아내는 걸리버 여성(?)

타임스퀘어의 광고판. 타임스퀘어에 서있는 사람들이 그대로 보이고,
그 위에 여성이 나타나서 손으로 사람들을 잡는 것처럼 보이게 만들었다.

〈선곡표 - 에픽하이〉

STAY 이 밤이 깊어가지만
부디 안녕이라고 말하지마
그댄 어떤가요
이밤에 끝을 잡고 싶은데
그건 절대 안돼나요
난 그대 원하고 원망하죠
이별 택시를 타고

어서 아디오 잘가요
let me say goodbye
거리에서 혼자 남은 한 남자
사랑한단 말 그 거짓말에
한숨만 늘어가네
다신 사랑안해
남자답게 이젠 널 지우려해

다시 마주치지말자 난 행복해
근데 사랑은 향기를 남기고가
벌써 그녀가 너무 보고 싶다
정말 사랑했나봐
그래 너의 뒤에서 후회한다
친구라도 될껄 그랬어
사랑하긴 했던걸까
장난이었던건 아닐까
우리가 노래하던 이별 얘기들이
가사처럼 기억도 잊혀져갔다
다시 사랑한다 말할까
사랑할수록 멀어져간 사람아
아무리 생각해도
난 너를 사랑해 그리고 생각해
너를 위해 천일동안
이별이 오지못하게
내 눈물 모아 살다가
사랑하는 왜
내 남은 사랑을 위해
벌써 일년 사랑하기 때문에
아름다운 이별
그대만 있다면 행복한 나를
다 줄거야 사랑은 아름다운 날들
사랑했잖아 뭐를 잘못한거니
너의 집 앞에서 발걸음 덩그러니
바람이 분다 전부 너였다
한장의 추억 사진을 보다가

기억속으로 가만히 눈을 감고
어제처럼 또 한번 사랑은 가고
기억에서 멀어진
너의 모습을 찾을수 있었지
널 잊을수 없어
날 보낼수 없어
이렇게도 사랑하긴 했던걸까
장난이었던건 아닐까
니가 노래하던 이별 얘기들이
가사처럼 기억도 잊혀져갔다
사랑하긴 했던걸까
장난이었던건 아닐까
니가 노래하던 이별 얘기들이
가사처럼 기억도 잊혀져갔다
요즘엔 들을만할 노래가 없어
마음속에 담을만한 가사가 없어
그대가 떠났기 때문에
세상이 변했기 때문에
요즘엔 들을만한 노래가 없어
마음속에 담을만한 가사가 없어

그대가 떠났기 때문에
세상이 변했기 때문에

(노래 제목들로 가사를 만들었다)

ERSHIP
something brilliant electrifying radical sha
oving breathtaking lasting daring visionary
ng evolving furious revealing comprehensi
rary powerful simple savvy legendary brigl
colorful introspective social nourishing va
e creative energizing uplifting funny share
gigantic beautiful provocative insightful ma
e satisfying current dynamic engaging lasti
nuous elevating thoughtful poigna
ld original detail

〈편성표〉

연락좀 해 예전처럼 내 번호를 눌러봐
부재중일리가 없어 언제든지 놀러와
난 너의 황금어장 물고기
하지만 넌 나의 비타민 엔돌핀

니 번호를 누르는 순간 위기탈출 넘버원
술김에 승승장구 하는 나는 오늘 밤도 개그투나잇
이불을 뒤집어 쓴 나는 이 짓을 지겹게 반복해
다음날 놀라운 세상에....내 자존심 다 잃었지
그래도 니 목소리 들으면 기쁘지 아니한가

1박 2일 아니 1분 1초라도
이야기 하고 싶어
무모한 도전일지도 모르지만
이야기 하고 싶어

넌 내 슈퍼스타K 너의 목소리는 보이스 오브 코레아
내가 기다리는 우리의 위대한 탄생 난 너의 슈퍼디바야?
나에게 불러준 불후의 명곡은 잊을 수가 없어
내 마음에 두드림은 여전해 잊을 수가 없어

모르는 번호에 혹시나 타고 있는 롤러코스터
오늘도 1대 100 중에 있기를 나의 KPOP스타
이런 당당함은 어쩌면 남자의 자격

그래도 YOU&I 해피타임을 기억해주기를

1박 2일 아니 1분 1초라도
이야기 하고 싶어
무모한 도전일지도 모르지만
이야기 하고 싶어

이건 1대 100보다 어려워 내가 너무 무서워
전화하면 안되는 거 나도 아는데 다시 전활 거는 놀라운 세상
다음날 통화기록보면서 또 다시 서프라이즈

어이없게 항상 우리의 해피타임 기대해
둘만의 해피선데이를 소망해 1박2일 여행에
내 맘의 스케치북에 사랑을 싣고
자기야 우리 둘만의 해피 해피투게더

그니까 내가 지금 강심장인 척 하고 다시 전화할게
아니 카톡할게 YOU&I 제발 이제 좀

('미디어 글쓰기'라는 내 수업에서 노랫말 작사 과제가 있었다. 최서윤이라는 학생
이 쓴 가사 '편성표'이다. 방송 편성표를 보며 이 가사를 만들었다고 한다. 헤어진
연인을 그리워하는 마음을 노랫말로 그렸다.)

"행복의 원칙은 첫째 어떤 일을 할 것, 둘째 어떤 사람을 사랑할 것,
셋째 어떤 일에 희망을 가질 것이다." – 칸트 –

"행복을 즐겨야 할 시간은 지금이다. 행복을 즐겨야 할 장소는 여기다." - 로버트 인제솔 -

"매일 아침, 매일 밤 태어나 비좁하게 되는 자 있고, 매일 아침, 매일 밤 태어나 즐거워지는 이 있다." – W.블레이크 –

생각만으로 행복해지는 법

• 매일 밤에 그날 있었던 가장 좋았던 일 3가지를 생각하기
• 10년 후 이루고 싶은 자신의 모습 생각하기
• 삶에서 가장 즐거웠던 일 생각하기

중독과 몰입 03

'중독'과 '몰입'은 같기도 하고 다르기도 하다. '중독'과 '몰입'은 둘 다 특정한 대상에 빠져든다는 점에서 비슷하다. 마음이 없이는, 그리고 거짓된 마음으로는 무엇에 몰입할 수도 중독이 될 수도 없다. 하지만 빠져들었던 대상이 사라졌을 때 일상생활에서 어떤 변화가 일어나는가에 따라서 '중독'과 '몰입'은 구별된다.

한 정의에 따르면 '중독'은 '어떤 활동에 지나치게 몰두하는 경향으로, 쾌락의 추구, 즉 일상적 생활이 제공해 주지 못하는 과도한 쾌락의 추구로서 쾌락을 제공하는 중독 요인 없이는 기능할 수 없는, 어떤 특별한 경험에의 의존'이다. 중독이 되었을 경우는, 중독의 대상이 더 이상 곁에 존재하지 않으면 정신적인 공황 상태까지 일어날 수 있다. 자신의 힘으로는 통제가 불가능할 만큼 심하게 의존하는 상태가 '중독'이다.

하지만 '몰입'은 '탐닉의 결과로 나타나며, 어떤 활동에 집중할 때 일어나는 최적의 심리적 현상'이라고 정의된다. '몰입'을 두고 '중독'으로 가기 전에 거쳐야 되는 상태라고 볼 수도 있겠지만, 어떤 대상에 대한 의존 성향의 결과가 다르게 나타난다는 점에서는 분명히 다르다. 컴퓨터 게임에 빠져서 정상적인 생활을 하지 못 하게 되는 경우라면 '중독'에 가깝다. 게임을 못하게 되었을 때 마음이 극도로 불안해지거나, 잠을 자려고 누우면 천장이 컴퓨터 스크린처럼 보여서 어지러운 마음으로 게임의 전략을 짠다거나, 게임에서 한동안 손을 뗄 때 금단 현상이 생긴다면 이미 '몰입'의 단계를 지나서 '중독'인 것이다.

뇌생리학에서 중독은 뇌에서 쾌락과 진통을 맡는 물질이 나오는 '쾌락시

스템'에 문제가 생긴 것으로 본다. 미국의 정신과 질환 진단 목록에는 알코올 중독, 마약 중독, 니코틴 중독 등을 '의존적 질환'으로 분류한다. 도벽이나 도박 장애 등은 '충동조절장애'로 분류한다. 노래 '사랑에 중독되어(Intoxicated with love)'에 나오는 것과 같은 애절한 사랑중독이나 사이버 중독, 게임중독은 '심리적 의존성'이 강하다. 하지만 사람의 마음과 몸은 따로 분리해서 생각할 수가 없기 때문에 중독현상은 신경병리학적인 측면과 사회문화적 현상이 같이 존재한다.

어떤 대상을 무작정 금지하는 것은 문제가 되는 대상을 더 매력적으로 만들기만 할 뿐이다. 무조건 끊는 것이 '중독'을 치료하는 방법은 못 된다. '중독'의 부작용을 줄이면서, 대상에 빠져드는 '몰입'으로 바꿔나갈 수밖에 없다.

인생은 공평하지 않다

〈규칙 1〉 인생은 공평하지 않으니, 그 사실에 익숙해야 합니다.

〈규칙 2〉 세상은 학교만큼 당신의 자존심에 상관하지 않으며, 당신이 스스로에게 만족하는 것보다 먼저 어떤 일을 끝내기를 기대합니다.

〈규칙 3〉 고등학교를 졸업하자마자 당신이 연봉 4만 불을 받지는 못합니다. 당신은 부사장이 되지 못하고, 카폰도 갖지 못할 것입니다.

〈규칙 4〉 당신이 선생님을 엄하다고 생각하면, 보스를 만날 때까지 기다려 보세요. 당신 보스에게는 임기가 없습니다.

〈규칙 5〉 햄버거를 뒤집는 것은 위신을 깎는 일이 아닙니다. 당신의 할아 버지, 할머니들은 햄버거를 뒤집는 것을 달리 부릅니다. 그들은 그것을 기회라고 부릅니다.

〈규칙 6〉 만약 당신이 일을 망치면 그것은 부모 탓이 아니라 당신 잘못입 니다. 당신의 잘못을 불평하지 말고 그것으로부터 배우도록 하세요.

〈규칙 7〉 당신이 태어나기 전에 당신 부모는 지금만큼 지겹지는 않았습니다. 당신의 청구서를 지불하고, 당신 방을 치우고, 당신이 얼마나 이상주의자

인가를 말하는 것을 듣다 보니 그렇게 되었답니다. 그러므로, 부모 세대라는 해충으로부터 열대림을 구하려 하기 전에 당신 침실 벽장의 이부터 잡도록 하세요.

〈규칙 8〉학교는 성공한 사람과 실패한 사람을 없앴을지 모르지만, 인생은 그렇지 않습니다. 어떤 학교는 낙제제도를 없앴고, 당신이 정답을 맞추도록 당신이 원하는 만큼 많은 기회를 주지만, 이것은 실생활과는 조금도 비슷하지 않습니다.

〈규칙 9〉인생은 학기로 나누어져 있지 않고 여름 방학도 없습니다. 당신에게 맞는 일을 발견하도록 도와주는데 흥미를 가진 직원은 거의 없으므로, 그런 것은 당신 자신의 시간에 해야 합니다.

〈규칙 10〉티브이는 실제 생활이 아닙니다. 실생활에서 사람들은 일하러 가기 위해 커피샵을 떠나야만 합니다.

〈규칙 11〉공부벌레들을 친절하게 대하세요. 당신이 그들 밑에서 일하게 될지도 모릅니다.

– 빌 게이츠의 충고 –

행운을 부르는
여덟가지 습관

1. 불행의 책임을 남에게 돌리지 마라

자신에게 닥친 어려움이나 불행에 대해
자신의 책임을 인정하지 않는 사람들은
그들이 궁지에서 벗어나 마음 편해지기 위해
즉각 다른 사람에게 비난의 화살을 돌린다.

물론 스스로 책임을 진다는 것은
자기 잘못을 직면해야 하므로 결코 쉬운 일이 아니다.

그러나 한번 남의 탓으로 돌리고 나면
책임을 떠넘기는 건 좀처럼 떨쳐버릴 수 없는
습관으로 굳어지게 된다.

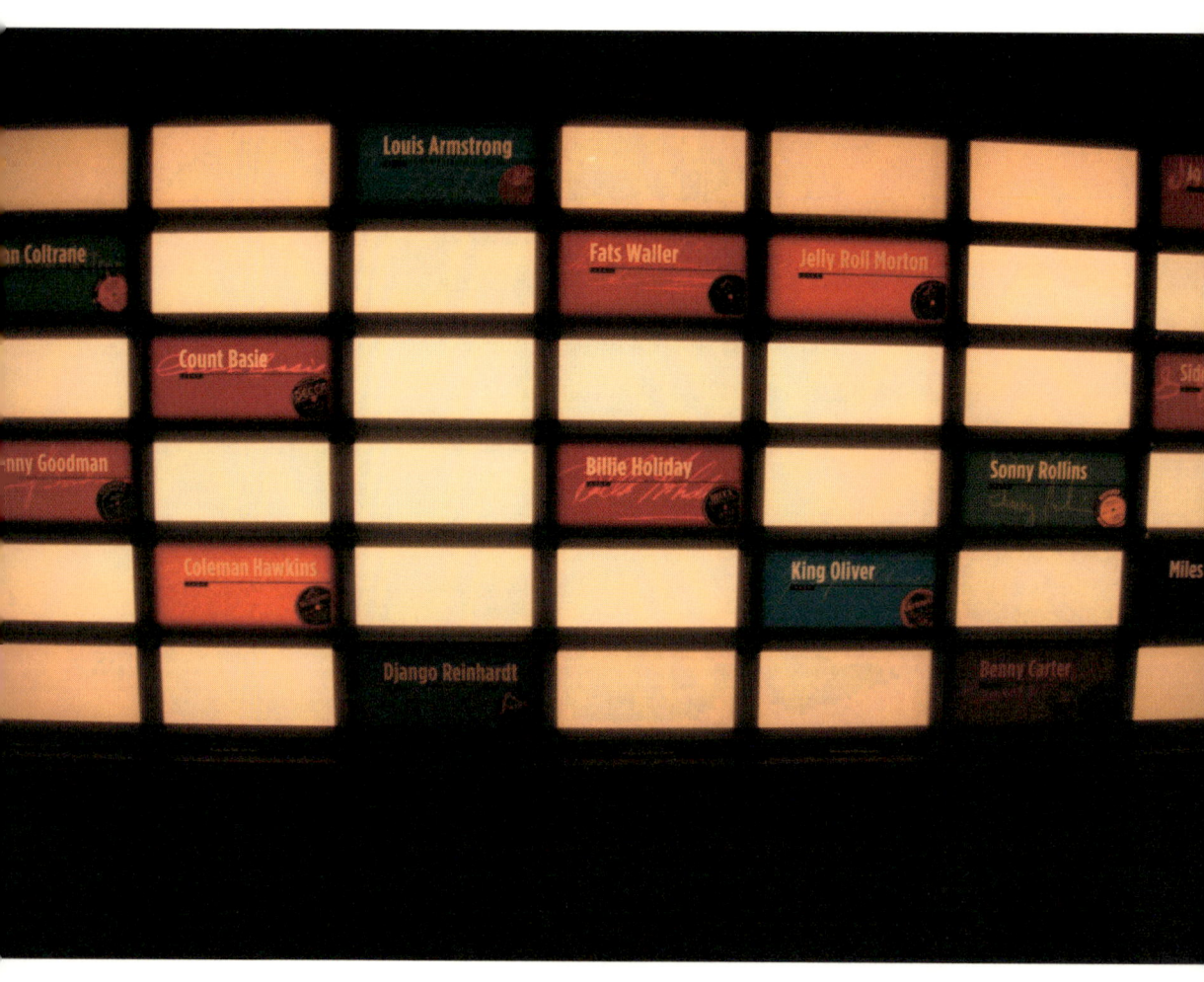

2. 진실만을 말하라

상대의 환심을 사면서 진심으로 다른 사람을
칭찬하면 상대는 늘 기분 좋게 느끼고
당신에 대해서 좋은 감정을 갖게 된다.

어떤 사람들은 칭찬은 아부와 다름없는 것이라고,
또한 상대를 마음대로 하려는 얄팍한 술책이거나
무언가를 얻어내려는 아첨이라고 말한다.

그러나 칭찬과 아부에는 엄청난 차이가 있다.
칭찬은 진심이 뒷받침된 것이다
따라서 칭찬을 할 때 칭찬 그 자체 외에 다른
의도가 없다면 상대를 기분 좋게 만들 것이다.

3. 똑똑한 척하지 마라

똑똑한 척하는 것은 두 가지 이유에서 바람직하지도,
운에 좋은 영향을 끼치지도 않는다.

우선 똑똑한 척 행동하면
자신을 도와줄 수 있는 사람들로부터 고립된다.
그리고 혼자서도 잘 해낼 수 있는 것처럼 보이면
사람들은 그를 도와줄 필요가 없다고 생각하게 된다.

4. 당신이 갖고 있는 것에 대해 우선 감사하라

당신 스스로 행운을 만들기로 마음먹었다면
먼저 지금껏 당신이 이룬 것들을 열심히
생각해보고 그것에 감사해야 한다.

긴깅, 가정, 가족의 사랑,
자신의 재능과 기술에 고마워한다면,
불행에 괴로워하거나 일이 뜻대로 되지 않는다고
포기하거나 실망하지 않을 것이다.

오히려 자신에게 찾아오는 행운의 분명한 유형을
알게 되고 더 많은 행운을 만드는데
주력하게 될 것이다.

5. 단정하게 차려입어라

단정하고 화려하게 차려입는 것은
당신이 얼마나 유행을 잘 따르는지,
얼마나 돈이 많은지를 보여주는 것이 아니다.

당신을 보는 사람들을 기분 좋게 만드는 것이다.

당신이 단정하게 매력적으로 차려입으면,
보는 사람들의 감각이 적극적으로 자극을 받아
당신에 대해 호감을 갖게 된다.

6. 인내심을 가져라

운 좋은 사람들은 항상 자신을 발전시키기 위해
노력하고 마감시간을 중요하게 여긴다.

또 어느 순간에 페달을 밟지 않고
미끄러져 내려가야 할지도 잘 알고 있다.

7. 질투심을 반드시 버려라

가장 자기 파괴적인 감정은 질투심이다.

질투를 하면 스스로 고통스러울 뿐 아니라,
에너지를 쓸데없이 소모해서 실수를 하게 되고,
결국엔 자신의 운과 기회를 망치게 된다.

질투심이 많아 보이면
당신은 결코 운 좋은 사람으로 생각되지 않는다.

운 나쁜 사람만이 다른 사람의 행운에 배 아파하고
인색하게 구는 것이다.

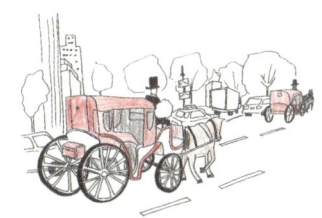

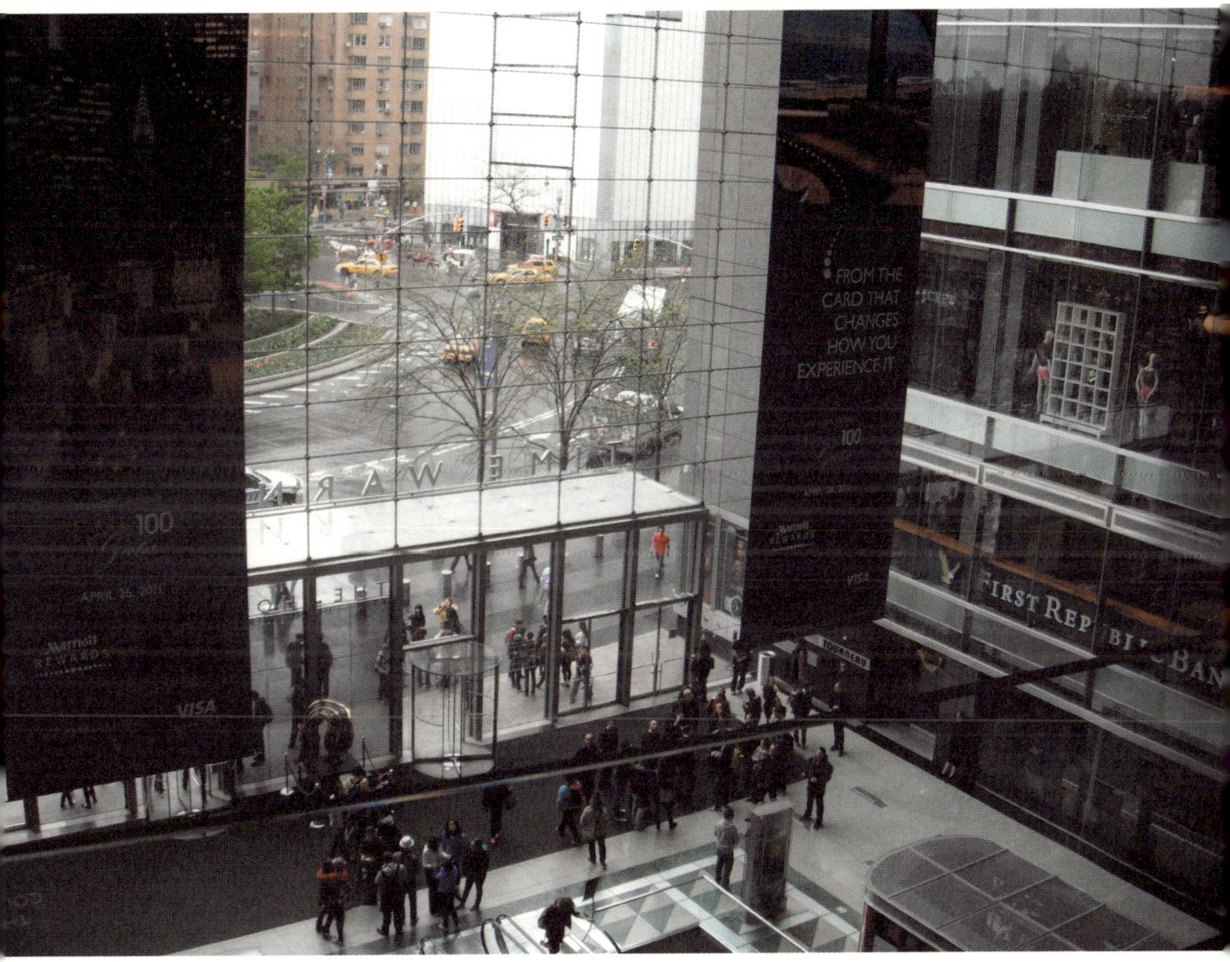
FROM THE
CARD THAT
CHANGES
HOW YOU
EXPERIENCE IT

8. 마음을 편히 가져라, 내일은 내일의 태양이 뜬다

삶이 뜻한 대로 굴러가지 않을 때는,
어쩌다 힘든 날일뿐이라 생각하고 계속해서
앞으로 나아가야 한다.
그렇지 않으면 아마 미쳐버릴지도 모른다.

오늘 너무너무 힘든다면
내일은 더 밝은 날이 기다릴 것이다.

당장 해결할 수 없는 문제가
한숨 자고 나서 한 발짝 물러나 보면 쉽게
풀리기도 한다.

– '좋은 글' 에서... –

01. 지금 잠을 자면 꿈을 꾸지만 지금 공부하면 꿈을 이룬다

   Sleep now, you will be dreaming, Study now, you will be

   achieving your dream.

02. 내가 헛되이 보낸 오늘은 어제 죽은 이가 갈망하던 내일이다

   Today that you wasted is the tomorrow that a dying person

   wished to live.

03. 늦었다고 생각했을 때가 가장 빠른 때이다

   When you think you are slow, you are faster than ever.

04. 오늘 할 일을 내일로 미루지 마라

   Don't postpone today's work to tomorrow.

05. 공부할 때의 고통은 잠깐이지만 못 배운 고통은 평생이다

   The pain of study is only for a moment,

   but the pain of not having studied is forever.

06. 공부는 시간이 부족한 것이 아니라 노력이 부족한 것이다

In study, it's not the lack of time, but lack of effort.

07. 행복은 성적순이 아닐지 몰라도 성공은 성적순이다

Happiness is not proportional to the academic achievement,

but sucess is.

08. 공부가 인생의 전부는 아니다. 그러나 인생의 전부도 아닌

공부 하나도 정복하지 못한다면 과연 무슨 일을 할 수 있겠는가

Study is not everything in life,

but if you are unable to conquer study that's only a part of life,

what can you be able to achieve in life?

09. 피할 수 없는 고통은 즐겨라

You might as well enjoy the pain that you can not avoid.

10. 남보다 더 일찍 더 부지런히 노력해야 성공을 맛 볼 수 있다

To taste success, you shall be earlier and more diligent.

11. 성공은 아무나 하는 것이 아니다. 철저한 자기 관리와 노력에서 비롯된다

    Success doesn't come to anyone,

    but it comes to the self-controlled and the hard-working.

12. 오늘 걷지 않으면 내일 뛰어야 한다

    If you don't walk today, you have to run tomorrow.

13. 고통 없이 얻는 것도 없다

    No pains No gains.

14. 눈이 감기는가, 그럼 미래를 향한 눈도 감긴다

    If you close your eyes to the present,

    the eyes for the future close as well.

15. 졸지 말고 자라

    Sleep instead of dozing.

16. 성적은 투자한 시간의 절대량에 비례한다

    Academic achievement is directly proportional

    to the absolute amount of time invested.

17. 가장 위대한 일은 남들이 자고 있을 때 이뤄진다

    Most great achievements happen while others are sleeping.

18. 불가능이란 노력하지 않는 자의 변명이다

    Impossibility is the excuse made by the untried.

19. 노력의 대가는 이유 없이 사라지지 않는다

    The payoff of efforts never disappear without redemption.

20. 오늘 걷지 않으면 내일은 뛰어야 한다

    If you don't walk today, you have to run tomorrow.

                    – 하버드 도서관의 명언 중에서 –

WHOLE FOODS
MARKET

FRIDAY ONLY!

GROWN in CALIFORNIA

Organic
Strawberries

199

"자세히 보아야 예쁘다.
오래 보아야 사랑스럽다.
너도 그렇다."

Film and Media

"지금 네 곁에 있는 사람,
네가 자주 가는 곳,
네가 읽는 책들이 너를 말해준다."

"사람이 온다는 건 실로 어마어마한 일이다.
한 사람의 일생이 오기 때문이다."

정현종 ― 방문객 ―

"떠나라 낯선 곳으로
그대 하루하루의
낡은 반복으로부터"

고은 ― 낯선 곳 ―

"길이 없으면 길을 만들어간다.
여기서부터 희망이다."

고은 - 길 -

"있잖아, 힘들다고 한숨짓지 마.
햇살과 바람은 한쪽편만 들지 않아."

"대추가 저절로 붉어 질리는 없다.
저 안에 태풍 몇 개 천둥 몇 개 벼락 몇 개"

장석주 – 대추 한 알 –

고요히 앉아 본 뒤에야
평상시의 마음이 경박했음을 알았네.

침묵을 지킨 뒤에야
지난날의 언어가 소란스러웠음을 알았네.

일을 돌아본 뒤에야
시간을 무의미하게 보냈음을 알았네.

문을 닫아건 뒤에야
앞서의 사귐이 지나쳤음을 알았네.

욕심을 줄인 뒤에야
이전의 잘못이 많았음을 알았네.

마음을 쏟은 뒤에야
평소에 마음씀이 각박했음을 알았네.

– 중국 명나라 문인 진 계유 –

"포도주는 금메달,
커피는 은메달,
초콜렛은 동메달이다."

"포도주는 물 속에 갇힌 햇빛이다."
- 갈릴레이 -

"포도주가 입 속에 들어오면,
자연 비밀이 새나간다."
- 탈무드 -

여자가 남자를 고를 때 주의해야 할 31가지 ⑩

1. 사랑이라는 말과 사랑에 빠지지 말라.
   사랑받을 가치가 있는 남자와 사랑에 빠져라.

2. 언제나 잘못된 만남을 하고 있다면 당신이 늘 잘못된 신호를 보내는 것이다.

3. 자존심을 잃은 사랑은 고통이다. 나를 사랑하고 그를 사랑하라.
   자존심 없는 여자를 사랑하는 것은 장난감을 사랑하는 것과 다르지 않다.

4. 고통과 불안은 사랑이 아니다. 그것은 자기 학대다.

5. 남자의 과거는 그 남자의 미래다.
   과거가 복잡한 남자를 변화시킬 수 있다고 믿지 말라.
   사람은 그 자신의 깨달음에 의해서만 변할 수 있다.
   그를 바꿀 수 있다는 착각에 시간낭비 하지 마라.

6. 남자의 속도를 늦춘다고 나쁠 것은 없다.
   속도를 늦춘다고 그를 거부하는 것이 아니다.
   속도가 늦다고 떠난 남자는 사랑받을 자격이 없다.
   사랑은 속도전이 아니다.

7. 다음과 같은 증상을 보이는 남자와는 헤어지고 잊는 것이 낫다.
   - 자주 연락하지 않는다.
   - 약속한 시간에 나타나지 않는다.
   - 약속한 시간에 전화하지 않는다.
   - 변명이 많다.
   - 마지막 순간에 계획을 취소한다.
   - 당신의 약점을 자꾸 지적한다.

8. 그가 갑자기 연락을 끊고 당신의 인생에서 사라졌다고 울지 마라.
   당신의 말, 당신의 행동이 문제가 있어서 사라진 게 아니다.
   그것은 전적으로 그의 판단이다. 그는 그저 무책임한 남자일 뿐이다.
   형편없는 인간에게 벗어났다는 것에 감사하라.

9. 오직 나만 다를 것이라는 기대는 착각이다.

10. 관계를 갖고 싶다면 서로의 건강에 대해 알아야 한다.
    당신의 두려움을 이해하지 못한다면 그는 자격이 없다. 사랑한다면 의논하라.
    의논했다면 준비하라.
    한 번의 행위로도 병에 걸릴 수 있다. 당신의 몸은 소중하다.

11. 자신이 특별할 것이라는 착각 때문에 선수의 희생양이 되지 마라 .

12. 그가 힘든 상황을 겪고 있는 것과 당신이 그의 우선순위에서
    밀려나는 것은 관계가 없다. 그건 핑계일 뿐이다.
    맘을 접고 나가서 뛰어라. 그를 위해 우느니 땀을 흘리는 게 낫다.

13. 물에 빠진 남자를 구하려 한다면 당신도 같이 빠질 확률이 높다.

14. 그의 비극에 끌어들이려는 남자를 경계하라. 사랑은 동정이 아니다.
    인생은 한번이다.

15. 안정을 원한다면 카우보이타입. 사동차속도광, 노름꾼 등 스릴에 빠진 남자는
    피하라. 사랑도 속도전일 테니까.

16. 확고하고 믿을 수 있는 관계를 원한다면 확고하고 믿을 수 있는 남자를
    만나야 한다.

17. 사랑할수록 이성을 찾아라.

18. 혼자되는 두려움 때문에 가치 없는 남자에게 매달리지 말라.
    평생을 울고 싶은가? 차라리 여행을 떠나라. 결혼을 해도 당신은 혼자다.

19. 그 남자의 치명적인 결함은 호기심이 아니라 당신에게 보내는 '경고'다.

20. 허구헌날 그가 저지르는 문제를 해결해줘야 한다면 차라리 돈 받고 일하는
    사회사업가가 되라.

21. 자신의 모습 그대로 최선을 다 하는 게 사랑이다. 사랑은 가장무도회가 아니다.

22. 때로는 그저 안 되게끔 되어있는 관계도 있다. 당신 탓이 아니다.

23. 집착은 인생의 낭비, 중독일 뿐이다.
    지나치게 오랜 시간 동안 몽상에 빠지거나 울면서 보낸다면
    당신은 사랑을 하는 게 아니다. 집착에 빠진 것일 뿐이다.

24. 이별의 이유에 대해 납득할 만한 설명을 기대하지 마라.
    그도 모른다. 그냥 이별할 때가 된 것뿐이다.
    그 자리에서 뒤돌아서서 빨리 떠나라. 돌아보지 마라.

25. 믿을 수 없겠지만 이별은 당신을 성장시킨다. 그리고 더 강하고 현명해진다.

26. 어떤 형태의 학대도 견디지 말아라.

27. 남자를 말이 아닌 행동으로 판단하라.

28. 독립성을 잃지 말아라.

29. 빨리 사랑에 빠지는 남자는 그 만큼 빨리 떠날 수 있다. 한번 떠난 남자는 또 떠날 수 있다. 정리해라.

30. 환상과 현실의 차이를 알라. 몽상가와 현실적인 로맨티스트를 구분해라.

31. 사랑이 당신을 약하게 만든다면 그것은 사랑이 아니다.
    당신에게 자신감을 주는 것, 당신에게 용기를 주는 것이 사랑이다.
    지금 울고 있는가? 그것은 사랑이 아니다.
    고통+불안+근심이 사랑이라고 믿는다면 아프리카로 떠나라.
    당신의 도움이 필요한 사람이 널려있다.

(인터넷에서 출처를 찾을 수 없었지만, 많은 여성들이 폭풍 공감을 보인 글)

NEW YORK, CULTURE CODE

Film & TV Show

NEW YORK,
CULTURE CODE

NEW YORK,
CULTURE CODE

HEROES
206

E.T.
THE EXTRA-TERRESTRIAL
067

Media Contents
1222